LE SURRÉALISME

ÉTONNANTS • CLASSIQUES

LE SURRÉALISME

Présentation, notes, choix des extraits et dossier par
MÉLANIE LEROY-TERQUEM,
professeur de lettres

Flammarion

**Dans la même collection,
série « La littérature en questions »**

© Flammarion, Paris, 2002.
Édition revue, 2006.
ISBN : 978-2-0807-2269-0
ISSN : 1269-8822

SOMMAIRE

Le Surréalisme

LA VISÉE RÉVOLUTIONNAIRE DU SURRÉALISME

LIBÉRER LE LANGAGE

TRAQUER LE MERVEILLEUX DANS LE RÉEL

PRÉSENTATION

À mon gré, c'est déjà beaucoup trop qu'on commence à enseigner le surréalisme dans les écoles. Je ne doute pas que ce soit pour le réduire.

André Breton, *Entretiens*

Les paradoxes du surréalisme

Les surréalistes ont multiplié, parfois avec une certaine complaisance, les déclarations contradictoires et les coups de force idéologiques ou esthétiques, dans un souci constant de remise en question et de provocation dont témoigne la phrase que nous citons en exergue. La « réduction » du surréalisme tant redoutée par André Breton*[1] est indéniablement à l'œuvre dans l'image d'Épinal que nous avons souvent de lui. L'adjectif « surréaliste » est ainsi employé à tort pour qualifier ce qui est étrange, bizarre ou extravagant, autrement dit ce qui sort de l'ordinaire ou du conformisme. Or le surréalisme, comme le montrent les textes réunis dans cette anthologie, va bien au-delà de l'anticonformisme ou de la simple bizarrerie.

---

1. L'astérisque renvoie à l'index des principales figures du surréalisme, en fin de volume. Nous y avons rassemblé tous les noms du surréalisme mentionnés dans cet ouvrage, ainsi que la plupart des dadaïstes. L'astérisque n'apparaît qu'à la première mention.

On peut cependant se demander si le surréalisme n'a pas lui-même entraîné sa réduction, voire son incompréhension. La définition de ce « mouvement flou » se révèle en effet extrêmement périlleuse. Tout d'abord, sa date de naissance et sa durée de vie sont problématiques : faut-il considérer que tout commence avec la création de la revue *Littérature* en 1919, avec la rédaction des *Champs magnétiques* la même année, ou avec la publication du *Manifeste du surréalisme* en 1924 ? De même, faut-il penser que le surréalisme s'arrête avec l'annonce de sa dissolution en 1969, ou qu'il est mort bien avant, ou encore qu'il continue aujourd'hui d'exister sous d'autres formes ? Plus encore, la nature même de ce « mouvement flou » défie les catégories préconçues : système de pensée, école littéraire, mouvement artistique ou mode de vie ? La réponse n'est pas simple, et les principaux théoriciens de ce que nous nous bornerons à qualifier de « mouvement » se sont bien gardés de la fournir.

Dans ce cas, par quel biais aborder le surréalisme ? La principale ligne directrice que l'on peut commencer par souligner est l'existence continue, chez les surréalistes, d'une volonté contestataire, souvent paradoxale, puisque l'objet de la contestation semble parfois moins compter que l'acte même de contestation. C'est donc à travers l'opposition à des ennemis déclarés et honnis, et l'affirmation de dégoûts profonds, que le surréalisme va naître et se développer.

Les fondements contestataires

André Breton s'est plu à souligner que le surréalisme est né de la Première Guerre mondiale, ou du moins qu'il « ne peut être compris qu'en fonction de la guerre dont il part et de celle à laquelle il retourne ». Louis Aragon* racontera ainsi :

> En 1914, la guerre était un fait, on ne songeait pas à s'y sous-traire. Lorsque je l'ai vue, j'ai compris que c'était une horreur, mais ce qui me choquait le plus, c'était ce que les gens pouvaient en dire. Cette espèce d'exaltation absurde par quoi se sont déshonorés un grand nombre d'écrivains français entre 1914 et 1918. J'étais de la génération suivante et nous avions un grand mépris des idées de nos aînés. C'est sur ce mépris que nous nous sommes rencontrés en septembre 1917 au Val-de-Grâce [1].

Le dégoût de la guerre et le mépris des générations précédentes permettent la rencontre de ces « jeunes gens en colère » qui prennent alors conscience de la nécessité d'une parole contestataire. C'est donc tout naturellement qu'ils se tournent vers le mouvement Dada, qui a ainsi joué un rôle important dans la naissance du surréalisme.

Le courant Dada est né en 1916, à Zurich, et regroupe plusieurs artistes, dont Tristan Tzara*, poète roumain émigré, Hugo Ball*, écrivain, et Hans Arp*, sculpteur. Le nom « Dada » est le fait du hasard : réunis au Cabaret Voltaire de Zurich, les membres de ce groupe choisissent de façon aléatoire un mot dans le

---

1. *Val-de-Grâce* : hôpital militaire parisien où Breton et Aragon étaient affectés pendant la Première Guerre mondiale, en tant que médecins-auxiliaires.

dictionnaire. Comme le mot « dada » ne leur évoque rien, ils baptisent ainsi leur mouvement. Celui-ci, en réaction aux horreurs de la Première Guerre mondiale, a pour principaux objectifs la provocation, la subversion, l'abolition des frontières entre les peuples et les arts, et la remise en cause des valeurs morales bourgeoises jugées responsables du conflit. « La désorganisation, la désorientation, la démoralisation de toutes les valeurs admises sont pour nous d'indiscutables directives », déclare ainsi Tzara dans « Essai sur la situation de la poésie » (publié dans *Le Surréalisme au service de la Révolution* en 1931). Les dadaïstes créent alors diverses revues, et font parler d'eux en distribuant des tracts dénonciateurs et en organisant manifestations et spectacles burlesques qui scandalisent leurs spectateurs.

La réputation de Dada franchit rapidement les frontières : le mouvement atteint New York, avec les peintres Francis Picabia * et Marcel Duchamp *, et le photographe Man Ray * ; Berlin avec le peintre Max Ernst * ; et bientôt Paris. Tzara ne tarde d'ailleurs pas à venir en France, en 1920, où il est accueilli avec enthousiasme par André Breton, Louis Aragon et Philippe Soupault *, futurs fondateurs du mouvement surréaliste, qui ont été initiés au dadaïsme par le poète Apollinaire [1]. Cependant, des divergences vont vite naître entre Tzara et les jeunes Parisiens. Ces derniers ne peuvent en effet se contenter d'une révolte pure et simple, qui ne revendique aucun projet : le scandale répété n'est, selon eux, rien d'autre qu'une forme de conformisme. En 1922, ils se séparent de Tristan Tzara. La rupture avec Dada consacre le début d'une aventure nouvelle qui prendra bientôt le nom de « surréalisme ».

---

1. Guillaume Apollinaire (1880-1918) a permis la rencontre de Breton, Aragon et Soupault, qui admiraient tous trois son œuvre poétique (*Alcools*) et ses essais sur la peinture moderne (*Les Peintres cubistes, Méditations esthétiques*). C'est à lui que revient la paternité du mot « surréalisme ».

Une dynamique collective

L'originalité du surréalisme réside dans le fait qu'il exprime très tôt sa volonté de former une entreprise collective qui mette en commun les travaux et les recherches des uns et des autres, qu'ils soient poétiques, plastiques ou politiques. C'est donc le principe d'association qui semble régir le surréalisme :

> L'important est qu'à la notion de groupe (au sens statique et fermé du terme) nous n'avons cessé entre nous d'opposer celle de mouvement, d'expérience, d'attitude devant la vie, montrant assez par là que le surréalisme n'a rien d'un parti ni d'un dogme et se justifie dans la durée en tant qu'aventure spirituelle [1].

L'histoire du mouvement surréaliste est dès lors indissociable de celle des différentes revues qui lui ont servi de support et qui ont permis l'émergence d'une voix et d'un esprit collectifs. Les premiers pas du surréalisme se font à travers la création de la revue *Littérature*, en 1919, par Breton, Aragon et Soupault, bientôt rejoints par Paul Eluard*. La revue accueille des écrivains de tous horizons, comme André Gide [2] et Paul Valéry [3], et publie les manifestes Dada avant la rupture avec Tzara, ainsi que des extraits des œuvres surréalistes à venir. Elle accorde aussi une grande place aux peintres et aux photographes. *Littérature* cesse de paraître en 1921, mais est bientôt remplacée par des revues

---

1. André Breton, « Haute-Fréquence », tract paru dans *Le Libertaire* (9 juillet 1951).
2. André Gide (1869-1951) exposait dans ses romans (*Les Nourritures terrestres*, *L'Immoraliste*) le refus des acquis de l'éducation et des impératifs de la morale, idéal qui a séduit les surréalistes à leurs débuts.
3. André Breton avait une grande admiration pour Paul Valéry (1871-1945) dont il s'inspira beaucoup dans ses premières tentatives littéraires.

qui se succèdent les unes aux autres : *La Révolution surréaliste* (1924-1929), *Le Surréalisme au service de la Révolution* (1930-1933), *Minotaure* (1933-1939), *VVV* (revue publiée à New York entre 1942 et 1944), *Le Surréalisme révolutionnaire* (1947), *Le Surréalisme, même* (1956-1961), *La Brèche* (1961-1965) et *L'Archibras* (1967-1969).

Une étape importante dans la prise de conscience de cette collectivité est franchie en 1924, avec la publication du *Manifeste du surréalisme*. Breton y explique les objectifs et les principes du mouvement (lire le texte p. 31). Au même moment est créé le Bureau central de recherches surréalistes [1], sorte de laboratoire poétique expérimental qui regroupe tous les jeunes gens qui veulent bien s'y joindre : Breton, Aragon, Soupault et Eluard (les « quatre mousquetaires » du surréalisme), mais aussi Antonin Artaud*, René Char*, René Crevel* et bien d'autres. Un passage souvent cité du *Manifeste du surréalisme* de 1924 recense les participants du moment et les met en scène dans un château imaginaire :

Pour aujourd'hui je pense à un château dont la moitié n'est pas forcément en ruine ; ce château m'appartient. [...] Quelques-uns de mes amis y sont installés à demeure : voici Louis Aragon qui part ; il n'a que le temps de vous saluer ; Philippe Soupault se lève avec les étoiles et Paul Eluard, notre grand Eluard, n'est pas encore rentré. Voici Robert Desnos* et Roger Vitrac*, qui déchiffrent dans le parc un vieil édit sur le duel ; Georges Auric*, Jean Paulhan* ; Max Morise*, qui rame si bien, et Benjamin Péret* dans ses équations d'oiseaux. [...] Francis Picabia vient

---

1. *Bureau central de recherches surréalistes* : aussi appelé Centrale surréaliste, il a pour but de recueillir auprès des visiteurs tous les documents qui exposent « les bruits de la rue et les rumeurs du rêve », afin de constituer les archives surréalistes d'une époque. Face à l'afflux inattendu de visiteurs importuns, la Centrale fermera peu après son ouverture.

nous voir et, la semaine dernière, dans la galerie des glaces, on a reçu un nommé Marcel Duchamp qu'on ne connaissait pas encore. Picasso* chasse dans les environs.

L'histoire du surréalisme est donc bien, on le voit, l'histoire d'une collectivité. Il ne s'agit en aucun cas d'une école littéraire, mais d'un groupe d'artistes dont les aspirations esthétiques, morales, politiques se rejoignent sans pour autant se confondre. La dimension presque «tribale» du groupe se manifeste à travers ses activités : longues réunions dans les cafés parisiens, jeux (lire le dossier p. 97), essais d'hypnose collective, manifestes, enquêtes[1], tracts[2], ou textes écrits à plusieurs mains. Nombreux seront les ouvrages cosignés par deux ou trois auteurs : *Les Champs magnétiques* (Breton et Soupault), *Au défaut du silence* (Eluard et Ernst), *Ralentir travaux* (Breton, Char et Eluard), *L'Immaculée Conception* (Breton et Eluard), *Les Mains libres* (Eluard et Man Ray).

Mais cette collectivité sera vite secouée par des dissensions internes, le plus souvent dues à des différends politiques ou idéologiques, qui conduiront plusieurs membres à quitter le groupe, voire à en être exclus : c'est le cas pour Antonin Artaud, Robert Desnos et Philippe Soupault (en 1926), Louis Aragon (en 1932), Paul Eluard (en 1938), ou encore Salvador Dalí* (en 1939).

---

1. André Thirion*, dans *Révolutionnaires sans révolution*, évoque ces enquêtes : « Le passe-temps collectif [...] le plus redoutable était l'enquête, débat public ouvert dans une sorte d'assemblée générale des surréalistes et des sympathisants. Les enquêtes les plus fameuses ont eu pour objet la sexualité, mais plusieurs autres thèmes ont été traités. [...] À l'instar du jeu de la vérité, les enquêtes ont apporté des brouilles mortelles, séparant ou rapprochant avec brutalité des êtres qui ignoraient jusqu'où cet exercice périlleux pouvait les conduire. »
2. Dans ces tracts (appelés aussi « papillons »), certaines formulations annoncent les slogans de Mai 68 : « Le surréalisme est à la portée de tous les inconscients », « Parents, racontez vos rêves à vos enfants », etc.

André Breton, qui dirige souvent ces exclusions, est alors surnommé par ses détracteurs le « pape du surréalisme [1] ».

Les principes du surréalisme

Au-delà des dissensions, les surréalistes s'accordent néanmoins sur une vision du monde : contrairement à ce que pourrait laisser penser l'utilisation de l'adjectif « surréaliste » pour désigner ce qui n'est pas une réalité convenue, le surréalisme n'a pas pour but d'échapper à la réalité, mais bien de « l'agrandir en y introduisant le sens du merveilleux ». Breton affirme ainsi dans le *Manifeste* de 1924 :

> Je crois à la résolution future de ces deux états, en apparence si contradictoires, que sont le rêve et la réalité, en une sorte de réalité absolue, de *surréalité*, si l'on peut ainsi dire. C'est à sa conquête que je vais, certain de n'y pas parvenir mais trop insoucieux de ma mort pour ne pas supputer un peu les joies d'une telle possession.

Ce champ d'action désigné par la conquête de la « surréalité » ne peut être investi que si l'explorateur se libère des contraintes littéraires et artistiques, mais aussi des contraintes sociales qui pèsent sur lui.

---

1. L'expression est utilisée dans *Un cadavre*, pamphlet contre Breton écrit en 1930 (le titre fait référence au pamphlet publié en 1924 à la mort d'Anatole France, lire p. 35). Ce texte est rédigé par les déçus du surréalisme, ceux qui ont été exclus à la fin des années 1920, et que Breton attaque très violemment dans le *Second Manifeste du surréalisme* (1929). *Un cadavre* est notamment signé par Vitrac, Leiris, Queneau, Desnos, Prévert et Bataille, qui reprochent à Breton la dérive « catholicisante » du surréalisme.

Le surréalisme se veut donc mouvement libératoire, ce qui explique ses engagements politiques ou sociaux (lire l'encadré p. 43-44) comme ses exigences esthétiques. Un travail capital va ainsi être opéré sur le langage, fondement social et littéraire par excellence : la technique des sommeils (mise en état d'hypnose qui permet l'exploitation d'une parole neuve, proche de celle du rêve et de l'inconscient), puis surtout la découverte de l'automatisme en général et de l'écriture automatique en particulier (lire l'encadré p. 54-55) vont y contribuer. Ainsi se fait jour un langage nouveau, qui privilégie les associations inattendues et les effets de surprise et qui permet l'avancée dans une nouvelle forme de réalité qui n'exclut plus le rêve. La remise en question du langage s'accompagne d'un bouleversement des règles romanesques et poétiques. Le surréalisme ne se borne pas à défaire les règles de la métrique et de la prosodie en poésie, il s'attaque aussi au roman : les surréalistes vont à l'encontre du roman traditionnel, et critiquent en particulier l'usage de la description, considérée par Breton comme purement arbitraire[1]. Elles sont alors remplacées par des photographies (comme dans *Nadja* ou dans *L'Amour fou*, de Breton). D'autre part, les « caractères » sont déclarés artificiels, parce que distants de l'auteur. Il s'agit donc désormais pour l'auteur surréaliste de relater des épisodes de sa propre vie. Cependant, cette « interdiction » portée au roman par Breton sera contestée par certains surréalistes, comme Soupault ou Aragon qui ne se bornent pas à l'autobiographie dans leurs récits.

---

1. La remise en cause de la représentation du réel n'est pas propre au surréalisme. Elle a déjà été entamée par le fauvisme, le cubisme et le dadaïsme qui ont tous fait, à des degrés divers, le procès de l'art d'imitation. Ce bouleversement coïncide avec l'essor de la photographie, qui modifia les pratiques picturales de représentation du réel.

Ce renouveau des formes littéraires s'inscrit dans un champ d'action qui ne touche pas seulement l'écriture, mais tous les arts, considérés dès lors comme des territoires vierges et inconnus où l'homme va pouvoir retrouver une liberté perdue. On comprend donc pourquoi le surréalisme fédère tant d'artistes travaillant sur des supports différents : le décloisonnement des arts fait partie de son programme d'action, et le travail sur l'écrit ne peut être compris si l'on ne prend pas en compte la photographie, la peinture, la sculpture et le cinéma surréalistes (lire le dossier p. 101-108). C'est ainsi que les contraires, « l'action et le rêve », « le quotidien et le mystérieux » peuvent se rejoindre, se confondre au sein d'un idéal de beauté que Breton définit ainsi à la fin de *Nadja* : « La beauté sera convulsive ou ne sera pas. »

Que reste-t-il du surréalisme ?

Le surréalisme proclame lui-même son arrêt de mort en 1969 : il ne survit guère à la mort de Breton, rassembleur et animateur d'une collectivité sur laquelle il a parfois régné en tyran. La troisième génération surréaliste, qui succède à celle de l'entre-deux-guerres et de l'immédiat après-guerre, n'a pas su porter le flambeau. On peut sans doute expliquer cette extinction par les difficultés du surréalisme à évoluer après la Seconde Guerre mondiale. À partir des années 1940, il semble que, à force de lutter contre le conformisme, il ait lui-même été menacé de se figer. Breton en était conscient, comme en témoigne ce passage de *Prolégomènes à un troisième manifeste du surréalisme ou non* (1942) :

Au bout de vingt ans je me vois dans l'obligation, comme à l'heure de ma jeunesse, de me prononcer contre tout conformisme et de viser, en disant cela, un trop certain conformisme surréaliste aussi.

En prenant acte de la disparition du mouvement, on peut dès lors s'interroger sur ce qu'il en reste aujourd'hui. Qu'est-ce que le surréalisme nous a légué ? Le peintre André Masson* esquisse une réponse :

> Un mouvement se propose de changer les valeurs. Il échoue. Ce qu'il ne se propose pas (du moins en premier) : une esthétique obsédante, d'influence planétaire, réussit. Soyons beaux joueurs ; bien que le surréalisme n'ait pas créé un *nouvel ordre*, nous dirons quand même que le surréalisme n'a pas été sans importance, si l'on accepte qu'il peut y avoir pour animer une existence autre chose que les impératifs de la raison [1].

Ce jugement sévère sur le surréalisme lui rend toutefois justice : certes, le surréalisme n'a pas « changé le monde », comme il le souhaitait. Mais, s'il ne semble pas davantage avoir « changé la vie », on peut considérer, comme Julien Gracq, qu'il l'a « passablement oxygénée ». Ainsi, malgré les difficultés inhérentes à la démarche surréaliste, il n'en reste pas moins que ce qu'elle nous lègue de plus vivant est une attitude de l'esprit fondée sur la remise en cause de l'institution, de l'obscurantisme et du conservatisme : une attitude de révolte et de questionnement.

---

1. André Masson, « Le surréalisme quand même », in *Hommage à André Breton*, numéro spécial de *La Nouvelle Revue française*, Gallimard, 1967.

Présentation du volume

Ce volume se présente comme une anthologie de textes surréalistes visant à donner un aperçu général du surréalisme, dans ses aspects esthétiques, théoriques et idéologiques. Pour ce faire, nous avons choisi de répartir les textes en trois parties : la première est centrée sur la volonté contestataire du mouvement, la seconde présente la remise en cause du langage qu'il opère, et la troisième explore les outils privilégiés par le surréalisme dans sa tentative de refonte du réel.

Les textes que nous proposons représentent un vaste éventail de genres, allant de l'essai au récit en prose, de l'aphorisme au poème en passant par le manifeste. L'absence de textes théâtraux s'explique par le fait qu'il n'existe pas à proprement parler de « théâtre surréaliste ». Le théâtre, parce qu'il est illusion et artifice, est refusé par les surréalistes (seul Roger Vitrac s'aventurera dans cette voie, ce que Breton ne manquera pas de lui reprocher).

Le choix des auteurs, rendu difficile par le nombre considérable d'écrivains passés par les rangs du surréalisme, a été gouverné par le souci de ne présenter que ceux dont la majeure partie de l'œuvre a été conçue au sein du mouvement, ou qui y ont joué un rôle majeur (comme Aragon, dont l'œuvre non surréaliste est extrêmement importante). C'est la raison pour laquelle René Char, Jacques Prévert*, Raymond Queneau*, Georges Bataille*, Julien Gracq*, notamment, sont absents de cette anthologie (on les retrouvera cependant dans l'index des principales figures du surréalisme, situé en fin de volume).

Pour finir, on soulignera que l'iconographie ne doit pas être perçue comme une simple illustration des textes : l'importance des arts plastiques et du cinéma dans l'esthétique surréaliste ne pouvait être ici négligée, et elle est esquissée dans le dossier. Nous espérons ainsi donner du surréalisme une idée d'ensemble, tout en prenant en compte les contradictions et paradoxes d'un mouvement littéraire et artistique hors du commun.

■ Ce photomontage est publié dans *La Révolution surréaliste* en 1929, où il vient illustrer les réponses à l'enquête sur l'amour. La toile de Magritte, *Je ne vois pas la femme cachée dans la forêt*, est entourée par les portraits photographiques des membres du groupe surréaliste. Les yeux clos, ils semblent nous inviter au rêve, à la découverte de cette femme cachée et pourtant visible. Magritte expliquera trente ans plus tard que les yeux fermés « symbolisaient le renversement des valeurs, le bouleversement des réalités et la subversion des couches les plus profondes de la conscience », et qu'ils « constituaient la métaphore centrale du projet surréaliste ». Dans le sens des aiguilles d'une montre, en partant du coin en haut à gauche, nous reconnaissons Alexandre, Aragon, Breton, Buñuel, Caupenne, Éluard, Fourrier, Magritte, Valentin, Thirion, Tanguy, Sadoul, Nougé, Goemans, Ernst, Dalí.

CHRONOLOGIE

De 1913 à 1969

■ Quelques repères sur le surréalisme

1913	Duchamp crée ses premiers *ready-made*.
1916	Naissance du mouvement Dada à Zurich.
1917	Rencontre de Breton, Soupault et Aragon à Paris.
1918	Tzara écrit le *Manifeste Dada 1918*.
1919	Création de la revue *Littérature* par Breton, Aragon et Soupault. Eluard les rejoint rapidement. Breton rencontre le peintre Picabia. Breton et Soupault publient *Les Champs magnétiques*.
1920	Tzara arrive à Paris. Benjamin Péret rejoint le groupe *Littérature*. Premiers collages de Max Ernst.
1921	Séparation du groupe Dada. Breton rencontre Freud à Vienne. La même année, il fait la connaissance de Marcel Duchamp.
1922	Arrivée de Jacques Baron *, René Crevel, Roger Vitrac et Robert Desnos dans le groupe *Littérature*. Rupture entre Breton et Tzara.
1924	Nouveaux arrivants : Antonin Artaud, Max Ernst, Raymond Queneau, Michel Leiris *, André Masson, etc. Premières «peintures automatiques» de Masson. Fondation du groupe surréaliste et de sa revue, *La Révolution surréaliste*, dirigée par Pierre Naville * et Benjamin Péret. La séparation d'avec Dada est effective. Breton, *Manifeste du surréalisme*.
1925	Guerre du Rif [1] et parution du manifeste *La Révolution d'abord et toujours*. Aragon, *Le Mouvement perpétuel*. Artaud, *L'Ombilic des limbes*, *Le Pèse-nerfs*. Crevel, *Mon Corps et moi*.

---

1. *Guerre du Rif* : entre 1921 et 1926, Abd el-Krim, dirigeant nationaliste marocain, oppose une sérieuse résistance aux armées françaises et espagnoles. Il capitule en 1926. La violence de l'intervention de l'armée française soulève des protestations au sein de l'opinion. La guerre du Rif marque le début de l'engagement politique des surréalistes.

1926	Naissance du mouvement surréaliste belge, animé par Magritte*, Mariën*, Mesens*, Nougé* et Scutenaire*[1].

1926 Naissance du mouvement surréaliste belge, animé par
Magritte*, Mariën*, Mesens*, Nougé* et Scutenaire*[1].
Aragon, *Le Paysan de Paris*.
Eluard, *Capitale de la douleur*.
Breton, Eluard et Aragon décident d'adhérer au parti
communiste, ce qui provoque la rupture avec certains membres
du groupe surréaliste, dont Desnos, Artaud et Soupault.

1928 Breton, *Nadja*, *Le Surréalisme et la peinture*.
Soupault, *Les Dernières Nuits de Paris*.
Sortie en salles du film de Buñuel* et Dalí, *Un chien andalou*.

1929 Naissance du groupe surréaliste tchèque[2].
Adhésion de René Char et Salvador Dalí. Rapprochement avec
Tzara et Magritte.
Exposition surréaliste à Zurich.
Crevel, *Êtes-vous fous ?*
Eluard, *L'Amour la poésie*.

1930 Création de la revue *Le Surréalisme au service de la révolution*
(*SASDLR*).
Scandale provoqué par la projection de *L'Âge d'or* de Buñuel et
Dalí.
Breton et Eluard, *L'Immaculée Conception*.

1931 Breton, *L'Union libre*.

1932 « Affaire Aragon » : Aragon se retire du groupe surréaliste.

1933 Breton est exclu du parti communiste.

---

1. Le groupe belge a souvent été qualifié de « second épicentre du mouvement surréaliste », ce qui souligne son importance et sa richesse. Il réunit des peintres comme Magritte, des poètes comme Paul Nougé, Louis Scutenaire, Camille Goemans* et Marcel Mariën. Le groupe surréaliste belge se distingue du mouvement parisien par certaines positions politiques et par un goût de l'anonymat et du secret qui le fait tendre vers un fonctionnement de société secrète.
2. Le groupe surréaliste de Prague est fondé en 1934 par quelques poètes. Mais il s'oppose rapidement au groupe parisien après la rupture des surréalistes français avec le parti communiste et le régime soviétique, et il disparaît en 1938. D'autres groupes surréalistes tenteront de voir le jour par la suite, mais sans grand succès.

1934	Les surréalistes adhèrent au Comité de vigilance des intellectuels antifascistes [1].
1935	Rupture définitive avec le parti communiste (lire l'encadré p. 43-44). Suicide de Crevel.
1937	Prise de position des surréalistes contre les procès de Moscou [2]. Breton, *L'Amour fou*. Eluard, *L'Évidence poétique*.
1938	Rupture avec Eluard. Exposition internationale du surréalisme à Paris. Breton rencontre Trotski au Mexique. Ils rédigent ensemble le manifeste *Pour un art révolutionnaire indépendant*. Leiris, *Glossaire j'y serre mes gloses*.
1939	Dalí est exclu du groupe surréaliste.
1941	Breton, Ernst et Masson s'exilent aux États-Unis, Péret au Mexique.
1942	À New York, fondation de la revue *VVV*. Eluard et Aragon entrent dans la Résistance.
1946	Breton rentre en France.
1947	Rupture des surréalistes avec les existentialistes.
1948	Mort d'Antonin Artaud.
1954	Max Ernst est exclu du groupe surréaliste pour avoir accepté le Grand Prix de la Biennale de Venise.
1956	Péret, *Anthologie de l'amour sublime*.
1959	Mort de Péret.
1966	Mort de Breton, de Brauner et de Arp.
1969	Jean Schuster* annonce, dans le journal *Le Monde*, la dissolution du groupe surréaliste.

---

1. Comité de vigilance des intellectuels antifascistes : large rassemblement d'intellectuels face à la montée du fascisme qui émerge alors, en France, par le biais de manifestations antiparlementaires organisées par des ligues et des mouvements d'extrême droite. Le CVIA naît donc dans un contexte de crise politique et d'antiparlementarisme qui pousse la gauche à s'unir contre le péril fasciste.

2. Procès de Moscou : vague de procès organisés par Staline pour éliminer les anciens compagnons de Lénine.

■ *L'Œil cacodylate* (1921), composé des signatures et des graffitis d'amis du peintre Francis Picabia, transpose en peinture les principes de l'écriture collective. Le mystérieux épithète « cacodylate » peut être interprété de deux façons : le cacodylate est un sel avec lequel Picabia s'était fait soigner un zona ophtalmique, mais c'est aussi un adjectif formé sur la racine grecque *kakos*, qui signifie « monstrueux ». Si l'on applique les principes étymologiques fantaisistes du surréalisme, l'œil cacodylate serait ainsi un œil monstrueusement dilaté.

Notons que, pour le surréalisme, qui ne cesse de s'interroger sur le rôle du regard, l'œil est un objet privilégié : pour Magritte, c'est un *Faux Miroir* (toile de 1928) ; pour Toyen, c'est un *Objet fantôme* (toile de 1937) ; Bataille lui consacre une *Histoire de l'œil* (1928) ; Buñuel et Dalí mettent en scène, dans *Un chien andalou* (1929), une jeune femme qui s'apprête à se faire trancher l'œil par une lame de rasoir ; enfin, cette figure est omniprésente dans les toiles de Victor Brauner (*Autoportrait à l'œil énucléé*, 1931).

Le Surréalisme

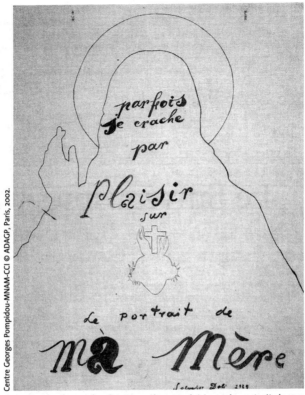

■ *Le Sacré-cœur (parfois je crache par plaisir sur le portrait de ma mère)* est révélateur du goût de la provocation qu'a toujours pratiqué Dalí. Comme les autres membres du groupe surréaliste, il cultive un anticléricalisme outrancier, perceptible dans le film *Un chien andalou* (1929) dont il a écrit le scénario en collaboration avec Buñuel. Dans ce dessin à l'encre, les symboles religieux sont bafoués sans équivoque : le crachat apparaît comme un renversement blasphématoire de la communion eucharistique. La fascination de Dalí pour la violence de l'acte profanateur se retrouve dans sa toile intitulée *Profanation de l'hostie* (1929).

La visée révolutionnaire du surréalisme

Les manifestes

Le manifeste est une des formes rhétoriques privilégiées par les avant-gardes du début du xxᵉ siècle. Dada et le surréalisme n'échappent pas à la règle et s'adonnent avec délices à ce genre (il y aura trois manifestes surréalistes *stricto sensu* – c'est-à-dire sans compter les lettres ouvertes, pétitions et autres déclarations communes –, le premier en 1924, le second en 1929, et le troisième en 1942). Le *Manifeste Dada 1918* et le *Manifeste du surréalisme* de 1924 ont en commun de relever à la fois de la profession de foi et de la déclaration de guerre. Nous pouvons cependant déjà repérer dans ces deux textes les dissensions qui se feront jour entre Dada et le surréalisme : la déclaration de Tzara, violemment contestataire, est entièrement négative, tandis que le programme de Breton se veut plus analytique et s'emploie à structurer un projet collectif.

■ Tristan Tzara, *Manifeste Dada 1918*

Tristan Tzara (1896-1963) est né en Roumanie, où il fait ses études avant de partir en Allemagne puis en Autriche pendant la Première Guerre mondiale. Il fonde le mouvement Dada à Zurich, en compagnie de Hugo Ball et Hans Arp. La renommée de Dada franchit les frontières et, en 1920, Tzara est accueilli avec enthousiasme à Paris par les futurs surréalistes. Il organise avec eux des manifestations à scandale jusqu'en 1922, date à laquelle il se brouille avec ses jeunes émules. Tzara retrouve le mouvement surréaliste de 1928 à 1935, puis adhère au parti communiste en 1935 (ce qui provoque la rupture définitive avec Breton), avant de rejoindre Aragon et Eluard dans la Résistance.

Tzara insuffle à Dada une volonté de saper systématiquement les valeurs morales et religieuses traditionnelles. Le *Manifeste Dada 1918* est, à cet égard, particulièrement frappant : le style incantatoire ne cherche pas à éviter les incohérences ; au contraire, il prône la rupture avec la logique. On assiste là à la mise en place du projet négatif propre à Dada : faire table rase d'un monde dont la Première Guerre mondiale a révélé toute l'horreur.

Dégoût Dadaïste

Tout produit du dégoût susceptible de devenir une négation de la famille, est *dada* ; protestation aux poings de tout son être en action destructive : DADA ; connaissance de tous les moyens rejetés jusqu'à présent par le sexe pudique du compromis com-
5 mode et de la politesse : DADA ; abolition de la logique, danse des impuissants de la création : DADA ; de toute hiérarchie et équation sociale installée pour les valeurs par nos valets : DADA ; chaque objet, tous les objets, les sentiments et les obscurités, les apparitions et le choc précis des lignes parallèles,
10 sont des moyens pour le combat : DADA ; abolition de la mémoire : DADA ; abolition de l'archéologie : DADA ; abolition des prophètes : DADA ; abolition du futur : DADA ; croyance absolue indiscutable dans chaque dieu produit immédiat de la spontanéité : DADA ; saut élégant et sans préjudice d'une harmo-
15 nie à l'autre sphère ; trajectoire d'une parole jetée comme un disque sonore cri ; respecter toutes les individualités dans leur folie du moment : sérieuse, craintive, timide, ardente, vigoureuse, décidée, enthousiaste ; peler son église de tout accessoire inutile et lourd ; cracher comme une cascade lumineuse la pensée
20 désobligeante ou amoureuse, ou la choyer – avec la vive satis-

faction que c'est tout à fait égal – avec la même intensité dans le buisson, pur d'insectes pour le sang bien né, et doré de corps d'archanges, de son âme. Liberté : DADA DADA DADA, hurlement des douleurs crispées, entrelacement des contraires et de 25 toutes les contradictions, des grotesques, des inconséquences : LA VIE.

« Sept Manifestes Dada » dans Tristan Tzara,
Dada est tatou. Tout est Dada,
© Flammarion, « GF », 1996.

■ André Breton, *Manifeste du surréalisme* (1924)

André Breton (1896-1966) est l'un des fondateurs du surréalisme, et restera, jusqu'au bout, sa figure de proue. Après la Première Guerre mondiale, il crée la revue *Littérature* avec Aragon et Soupault, et participe aux manifestations Dada. Le *Manifeste du surréalisme*, publié en 1924, marque la véritable naissance du mouvement surréaliste, dont Breton va être le principal théoricien.

Le *Manifeste* témoigne du souci de Breton d'harmoniser l'action du surréalisme, qui existe en germe depuis 1919 : il s'agit de structurer le groupe autour d'un projet commun, et de désigner les voies à suivre. L'extrait cité ici donne une définition sans appel du terme « surréalisme », fondée sur la notion d'automatisme qui préoccupe les surréalistes depuis la publication des *Champs magnétiques* en 1919 (lire le texte p. 49). Parallèlement, Breton invoque ancêtres et précurseurs du surréalisme. Il rend ainsi hommage à des auteurs qui n'étaient pas, alors, reconnus comme canoniques. Le surréalisme ne s'impose donc pas seulement comme une nouvelle manière de concevoir la littérature, mais aussi comme une relecture et une reconstruction de l'histoire littéraire.

C'est de très mauvaise foi qu'on nous contesterait le droit d'employer le mot SURRÉALISME dans le sens très particulier où nous l'entendons, car il est clair qu'avant nous ce mot n'avait pas fait fortune [1]. Je le définis donc une fois pour toutes :

5   SURRÉALISME, *n. m.* Automatisme psychique pur par lequel on se propose d'exprimer, soit verbalement, soit par écrit, soit de toute autre manière, le fonctionnement réel de la pensée. Dictée de la pensée, en l'absence de tout contrôle exercé par la raison, en dehors de toute préoccupation esthétique ou morale.

10   ENCYCL. *Philos.* Le surréalisme repose sur la croyance à la réalité supérieure de certaines formes d'associations négligées jusqu'à lui, à la toute-puissance du rêve, au jeu désintéressé de la pensée. Il tend à ruiner définitivement tous les autres mécanismes psychiques et à se substituer à eux dans la résolution des princi-
15   paux problèmes de la vie. Ont fait acte de SURRÉALISME ABSOLU MM. Aragon, Baron, Boiffard*, Breton, Carrive*, Crevel, Delteil*, Desnos, Eluard, Gérard*, Limbour*, Malkine*, Morise, Naville, Noll*, Péret, Picon, Soupault, Vitrac [2].

Ce semblent bien être, jusqu'à présent, les seuls, et il n'aurait
20   pas à s'y tromper, n'était le cas passionnant d'Isidore Ducasse [3], sur lequel je manque de données. Et certes, à ne considérer que

---

1. Le mot « surréalisme » n'a pas été inventé par Breton, mais par Apollinaire, qui l'utilise pour la première fois en 1917 dans la préface de la pièce *Les Mamelles de Tirésias*. Il avait hésité entre « surréalisme » et « supernaturalisme » pour désigner le projet suivant : « Revenir à la nature même, mais sans l'imiter à la manière des photographes. »

2. Dans cette liste, rares sont les noms qui ont marqué la postérité. Baron (poète), Boiffard (photographe), Delteil (romancier), Limbour (poète), Malkine (peintre) et les autres artistes cités ont tous contribué à la naissance du mouvement surréaliste, mais n'ont guère laissé d'empreinte durable.

3. *Isidore Ducasse, comte de Lautréamont* (1846-1870) : auteur des *Chants de Maldoror*, publiés en 1869. L'œuvre passe alors inaperçue. Elle est réhabilitée par les surréalistes qui y voient l'annonce de leur volonté de « changer la vie » et de bouleverser les règles syntaxiques, l'écriture, et la société en général.

superficiellement leurs résultats, bon nombre de poètes pourraient passer pour surréalistes, à commencer par Dante et, dans ses meilleurs jours, Shakespeare. *Au cours des différentes tenta-*
25 *tives de réduction auxquelles je me suis livré de ce qu'on appelle, par abus de confiance, le génie, je n'ai rien trouvé qui se puisse attribuer finalement à un autre processus que celui-là.*

Les *Nuits* d'Young [1] sont surréalistes d'un bout à l'autre ; c'est malheureusement un prêtre qui parle, un mauvais prêtre, sans
30 doute, mais un prêtre.

Swift [2] est surréaliste dans la méchanceté.

Sade [3] est surréaliste dans le sadisme.

Chateaubriand est surréaliste dans l'exotisme.

Constant [4] est surréaliste en politique.
35 Hugo est surréaliste quand il n'est pas bête.

Desbordes-Valmore [5] est surréaliste en amour.

Bertrand [6] est surréaliste dans le passé.

---

1. *Edward Young* (1683-1765) : poète anglais romantique avant la lettre, il a publié en 1742 *Les Nuits*, œuvre en vers inspirée par la mort de sa femme et de sa fille.

2. *Jonathan Swift* (1667-1745) : romancier irlandais. Son roman le plus connu, *Les Voyages de Lemuel Gulliver*, fait preuve d'une ironie destructrice qui tend parfois, comme le souligne Breton, à la méchanceté.

3. *Le marquis de Sade* (1740-1814) : son œuvre est à la fois la théorie et l'illustration du « sadisme » (*Justine*, 1791 ; *La Philosophie dans le boudoir*, 1795). Il incarne l'envers pathologique de la philosophie des Lumières. Les surréalistes ne cesseront de célébrer son œuvre.

4. *Benjamin Constant* (1767-1830) : écrivain et homme politique. Il s'est opposé à Napoléon, et a pris la tête du parti libéral sous la Restauration. Ses talents de pamphlétaire lui ont assuré une grande popularité.

5. *Marceline Desbordes-Valmore* (1786-1859) : actrice qui se consacra ensuite à la littérature. Ses *Poésies* (1842) ont été admirées par Baudelaire et Verlaine.

6. *Aloysius Bertrand* (1807-1841) : poète qui invente, avec *Gaspard de la nuit*, la forme du poème en prose. Peu connu de son vivant, il sera célébré par Baudelaire et Mallarmé.

Rabbe[1] est surréaliste dans la mort.

Poe est surréaliste dans l'aventure.

40 Baudelaire est surréaliste dans la morale.

Rimbaud est surréaliste dans la pratique de la vie et ailleurs.

Mallarmé est surréaliste dans la confidence.

Jarry[2] est surréaliste dans l'absinthe.

Nouveau[3] est surréaliste dans le baiser.

45 Saint-Pol-Roux[4] est surréaliste dans le symbole.

Fargue[5] est surréaliste dans l'atmosphère.

Vaché[6] est surréaliste en moi.

Reverdy[7] est surréaliste chez lui.

Saint-John Perse[8] est surréaliste à distance.

---

1. *Alphonse Rabbe* (1788-1829) : écrivain qui fait partie des artistes « maudits » du Romantisme dont les surréalistes se sont réclamés. Son *Album d'un pessimiste* recueille des méditations sur le suicide et la mort.

2. *Alfred Jarry* (1873-1907) : il est le créateur du personnage d'Ubu, qui apparaît dans les pièces *Ubu roi* (1896) et *Ubu enchaîné* (1900). Ces pièces seront montées par Artaud et Vitrac en 1930, au sein du théâtre auquel ils ont donné le nom de Jarry. Les surréalistes ont permis la redécouverte de cette œuvre jusqu'alors mal connue.

3. *Germain Nouveau* (1851-1920) : poète qui a composé une œuvre poétique double, alternant entre mysticisme et sensualité.

4. *Saint-Pol-Roux* (1861-1940) : poète symboliste et baroque dont les images fulgurantes sont appréciées des surréalistes.

5. *Léon-Paul Fargue* (1867-1947) : poète disciple de Mallarmé. Il a revendiqué le droit du poète à la solitude, et ne s'est jamais mêlé aux surréalistes.

6. *Jacques Vaché* (1896-1919) : ami des surréalistes, dont l'œuvre se résume à sa brève correspondance avec Breton et Aragon. Sa personnalité, faite d'un mélange de dandysme et de révolte vengeresse, marque fortement Breton, qui ne cessera de lui rendre hommage.

7. *Pierre Reverdy* (1889-1960) : poète considéré comme un des précurseurs du surréalisme. Sa poésie (*La Lucarne ovale*, *Épaves du ciel*, *Chant des morts*) aspire à un idéal qui incarne l'unique réalité.

8. *Saint-John Perse* (1887-1975) : de son vrai nom Alexis Léger, il a mené de front la rédaction de son œuvre poétique et une carrière diplomatique. Ses recueils poétiques explorent le rapport de l'homme à la nature et tentent .../...

50 Roussel [1] est surréaliste dans l'anecdote.
Etc.

Manifeste du surréalisme,
© Pauvert, 1962 – Fayard, 2000.

La volonté de rompre avec l'ordre social

« Le surréalisme n'est pas une forme poétique. Il est un cri de l'esprit qui se retourne vers lui-même et est bien décidé à broyer désespérément ses entraves, et au besoin par des marteaux matériels », écrit Artaud dans un tract surréaliste de 1925. Ce désir d'une liberté totale de l'esprit ne peut s'affirmer que dans la révolte et la remise en cause des modèles antérieurs. Le surréalisme actionne ses « marteaux matériels » en visant les représentants du pouvoir (qu'il soit politique ou culturel), et redéfinit la place du poète au sein d'une société qu'il conteste violemment.

■ Louis Aragon, « Avez-vous déjà giflé un mort ? », *Un cadavre* (1924)

Louis Aragon (1897-1982) rencontre André Breton en 1917 ; il dirige avec lui la revue *Littérature* et collabore aux manifestations dadaïstes et surréalistes. C'est lui qui, en 1921, écrit le premier récit surréaliste, *Anicet ou le Panorama*. En 1927, il adhère au parti communiste, et s'éloigne peu à peu de ses compagnons : tandis que

---

.../... d'entreprendre la conquête d'un nouveau langage (*Éloges*, 1911 ; *Anabase*, 1924 ; *Amers*, 1957).
1. Raymond Roussel (1877-1933) : écrivain qui a fondé son œuvre littéraire sur l'exploitation littérale de jeux de mots. Cette œuvre a été revendiquée par les surréalistes : « Roussel est, avec Lautréamont, le plus grand magnétiseur des temps modernes », a déclaré Breton.

Breton souhaite maintenir l'autonomie du mouvement surréaliste par rapport au parti communiste, Aragon revendique une soumission inconditionnée. Il rompt avec le surréalisme en 1932, et s'engage dans la voie du militantisme communiste ; ses romans tendent dès lors vers l'esthétique du réalisme marxiste.

En 1924, la mort d'Anatole France[1] est perçue par la France bien-pensante comme un deuil national. Les surréalistes, qui méprisent profondément l'œuvre et les engagements politiques d'Anatole France (Breton le décrit dans ses *Entretiens* comme « le prototype de tout ce que nous pouvions exécrer »), réagissent en publiant, sous le titre *Un cadavre*, un pamphlet collectif. Aux côtés des contributions d'Eluard (« Un vieillard comme un autre »), de Soupault (« Une erreur »), de Breton (« Refus d'inhumer »), on trouve celle d'Aragon, qui est de loin la plus virulente. Au-delà d'Anatole France, c'est tout un système social et politique qui est dénoncé.

Les conseils municipaux de localités à mes yeux indistinctes s'émeuvent aujourd'hui d'une mort, posent au fronton de leurs écoles des plaques où se lit un nom. Cela devrait suffire à dépeindre celui qui vient de disparaître, car l'on n'imagine pas
5 Baudelaire, par exemple, ou tout autre qui se soit tenu à cet extrême de l'esprit qui seul défie la mort, Baudelaire célébré par la presse et ses contemporains comme un vulgaire Anatole France. Qu'avait-il ce dernier, qui réussisse à émouvoir tous ceux qui sont la négation même de l'émotion et de la grandeur ? Un
10 style précaire, et que tout le monde se croit autorisé de juger par le vœu même de son possesseur ; un langage universellement vanté quand le langage pourtant n'existe qu'au-delà, en dehors des appréciations vulgaires. Il écrivait bien mal, je vous jure,

---

1. *Anatole France* (1844-1924) : académicien, lauréat du prix Nobel de littérature (1921), auteur d'ouvrages d'histoire et d'innombrables romans, il représente pour les surréalistes la société du temps, dans son conservatisme et son manque absolu d'imagination.

l'homme de l'ironie et du bon sens, le piètre escompteur de la
15 peur du ridicule. Et c'est encore très peu que de bien écrire, que
d'écrire, auprès de ce qui mérite un seul regard. Tout le médiocre
de l'homme, le limité, le peureux, le conciliateur à tout prix,
la spéculation à la manque, la complaisance dans la défaite,
le genre satisfait, prud'homme[1], niais, roseau pensant, se
20 retrouvent, les mains frottées, dans ce Bergeret[2] dont on me fera
vainement valoir la douceur. Merci, je n'irai pas finir sous ce
climat facile une vie qui ne se soucie pas des excuses et du qu'en
dira-t-on.

Je tiens tout admirateur d'Anatole France pour un être
25 dégradé. Il me plaît que le littérateur que saluent à la fois
aujourd'hui le tapir[3] Maurras[4] et Moscou la gâteuse[5], et par une
incroyable duperie Paul Painlevé[6] lui-même, ait écrit pour battre
monnaie d'un instinct tout abject, la plus déshonorante des
préfaces à un conte de Sade[7], lequel a passé sa vie en prison

---

1. Prud'homme : terme qui désigne un homme de mérite faisant preuve de
sentiments nobles, un homme sage, avisé, reconnu comme compétent. Ces
valeurs sont prises à contrepied par Aragon, qui y voit une déchéance et une
faiblesse méprisables.
2. Bergeret : personnage principal d'un roman d'Anatole France,
M. Bergeret à Paris (1901). Ce maître de conférences à la faculté des lettres
incarne la voie du scepticisme moral, dans un roman qui décrit la société
française à l'époque de l'affaire Dreyfus.
3. Tapir : désigne, en argot, un élève qui prend des cours particuliers. Le mot
est ici chargé d'une connotation péjorative et méprisante.
4. On ne peut guère s'étonner du mépris dont Aragon fait preuve vis-à-vis de
Charles Maurras (1868-1952) : cet écrivain et homme politique français fonda
le mouvement Action française, qui défendait le royalisme et le « nationalisme
intégral » en attaquant la République, les juifs et les francs-maçons.
5. Cette formulation révèle les positions politiques d'Aragon en 1924 : il était
alors violemment anticommuniste. Il changera d'avis quelques années plus
tard, et restera ensuite toujours fidèle au parti communiste.
6. Paul Painlevé : président du Conseil (équivalent de l'actuel Premier
ministre) en 1925.
7. Lire la note 3, p. 33.

30 pour recevoir à la fin le coup de pied de cet âne officiel. Ce qui vous flatte en lui, ce qui le rend sacré, qu'on me laisse la paix, ce n'est pas même le talent, si discutable, mais la bassesse, qui permet à la première gouape[1] venue de s'écrier : « Comment n'y avais-je pas pensé plus tôt ! » Exécrable histrion de l'esprit, fallait-
35 il qu'il répondît vraiment à l'ignominie française pour que ce peuple obscur fût à ce point heureux de lui avoir prêté son nom ! Balbutiez donc à votre aise sur cette chose pourrissante, pour ce ver qu'à son tour les vers vont posséder, râclures de l'humanité, gens de partout, boutiquiers et bavards, domestiques d'état,
40 domestiques du ventre, individus vautrés dans la crasse et l'argent, vous, qui venez de perdre un si bon serviteur de la compromission souveraine, déesse de vos foyers et de vos gentils bonheurs.

Je me tiens aujourd'hui au centre de cette moisissure, Paris, où
45 le soleil est pâle, où le vent confie aux cheminées une épouvante et sa langueur. Autour de moi, se fait le remuement et misérable, le train de l'univers où toute grandeur est devenue l'objet de la dérision. L'haleine de mon interlocuteur est empoisonnée par l'ignorance. En France, à ce qu'on dit, tout finit en chansons.
50 Que donc celui qui vient de crever au cœur de la béatitude générale, s'en aille à son tour en fumée ! Il reste peu de choses d'un homme : il est encore révoltant d'imaginer de celui-ci, que de toutes façons *il a été*. Certains jours j'ai rêvé d'une gomme à effacer l'immondice humaine.

Un cadavre, dans Maurice Nadeau (éd.),
Histoire du surréalisme, Documents surréalistes,
© Le Seuil, 1948.

---

1. *Gouape* : mauvais sujet, voyou.

■ Aragon et Crastre,
La Révolution d'abord et toujours (1925)

En 1925, les surréalistes prennent brutalement conscience du fait qu'il manque à leur programme, exposé dans le *Manifeste du surréalisme* (lire le texte p. 31), une dimension politique. Ainsi, en octobre 1925, *La Révolution surréaliste* (revue dirigée par Breton) publie un manifeste rédigé par Aragon et Crastre * et cautionné par une quarantaine de sympathisants au mouvement surréaliste. Ce texte permet de prendre la mesure d'un engagement collectif qui aborde le plan social, jusque-là ignoré par les surréalistes : « Nous sommes la révolte de l'esprit. [...] Nous ne sommes pas des utopistes : cette Révolution, nous ne la concevons que sous sa forme sociale. » « Barbares » autoproclamés, dégoûtés par les notions de Patrie, de Travail et d'Histoire, les surréalistes se lancent dans la « révolution » tête baissée.

Bien conscients de la nature des forces qui troublent actuellement le monde, nous voulons, avant même de nous compter et de nous mettre à l'œuvre, proclamer notre détachement absolu, et en quelque sorte notre purification, des idées qui sont à la base
5 de la civilisation européenne encore toute proche et même de toute civilisation basée sur les insupportables principes de nécessité et de devoir.

Plus encore que le patriotisme qui est une hystérie comme une autre, mais plus creuse et plus mortelle qu'une autre, ce qui nous
10 répugne c'est l'idée de Patrie qui est vraiment le concept le plus bestial, le moins philosophique dans lequel on essaie de faire entrer notre esprit. […]

Nous sommes certainement des Barbares puisqu'une certaine forme de civilisation nous écœure.
15 Partout où règne la civilisation occidentale, toutes attaches humaines ont cessé, à l'exception de celles qui avaient pour raison d'être l'intérêt, le « dur paiement au comptant ». Depuis plus

d'un siècle, la dignité humaine est ravalée au rang de valeur
d'échange. Il est déjà injuste, il est monstrueux que qui ne
20 possède pas soit asservi par qui possède, mais lorsque cette
oppression dépasse le cadre d'un simple salaire à payer, et prend
par exemple la forme de l'esclavage que la haute finance internationale fait peser sur les peuples, c'est une iniquité qu'aucun
massacre ne parviendra à expier. Nous n'acceptons pas les lois
25 de l'Économie et de l'Échange, nous n'acceptons pas l'esclavage
du Travail, et, dans un domaine encore plus large, nous nous
déclarons en insurrection contre l'Histoire. L'Histoire est régie
par des lois que la lâcheté des individus conditionne et nous
ne sommes certes pas des humanitaires[1], à quelque degré que
30 ce soit.

La Révolution d'abord et toujours,
dans Maurice Nadeau (éd.),
Histoire du surréalisme, op. cit., © Le Seuil.

■ Paul Eluard, *L'Évidence poétique* (1937)

Paul Eluard (1895-1952) rencontre André Breton en 1920. Il participe aux manifestations dadaïstes et surréalistes en restant toutefois à distance de leurs provocations. En 1926, il adhère au parti
communiste, mais ne s'engage véritablement qu'à partir de 1936.
En 1940, il rejoint Aragon dans la Résistance. Tous deux ont alors
rompu avec Breton. Après la guerre, l'œuvre d'Eluard s'éloigne peu à
peu des principes surréalistes.

L'Évidence poétique reprend le texte d'une conférence prononcée
par Eluard en juin 1936 à l'occasion de l'exposition surréaliste
organisée à Londres. La violence du style souligne la vigueur du
propos défendu : la poésie doit se faire arme de combat. « Le temps
est venu où tous les poètes ont le droit et le devoir de soutenir qu'ils

---

1. Humanitaires : l'adjectif désigne ici les personnes qui visent au bien de
l'humanité, ce que les surréalistes se défendent d'être.

sont profondément ancrés dans la vie des autres hommes, dans la vie commune », déclare Eluard. Ce projet, quoique sous-tendu par des convictions surréalistes (le réel dans lequel le poète doit, selon Eluard, se fondre, comprend avant tout l'imagination, l'espoir, l'amour et le désir prônés par le surréalisme), va engendrer la rupture avec Breton, qui lui reproche des dérives staliniennes. On ne saurait cependant ignorer la révolte toute surréaliste qui guide le propos de la conférence d'Eluard.

[4] « Ô vous qui êtes mes frères parce que j'ai des ennemis ! » a dit Benjamin Péret.

[5] Contre ces ennemis, même aux bords extrêmes du découragement, du pessimisme, nous n'avons jamais été
5 complètement seuls. Tout, dans la société actuelle, se dresse, à chacun de nos pas, pour nous humilier, pour nous contraindre, pour nous enchaîner, pour nous faire retourner en arrière. Mais nous ne perdons pas de vue que c'est parce que nous sommes le mal, le mal au sens où l'entendait Engels [1], parce qu'avec tous
10 nos semblables, nous concourons à la ruine de la bourgeoisie, à la ruine de son bien et de son beau.

[6] C'est ce bien, c'est ce beau asservis aux idées de propriété, de famille, de religion, de patrie, que nous combattons ensemble. Les poètes dignes de ce nom refusent, comme les prolétaires [2],
15 d'être exploités. La poésie véritable est incluse dans tout ce qui ne se conforme pas à cette morale qui, pour maintenir son ordre, son prestige, ne sait construire que des banques, des casernes,

---

1. _Friedrich Engels_ (1820-1895) : philosophe allemand qui a collaboré avec Marx à la rédaction d'ouvrages de philosophie politique, et notamment du _Manifeste du parti communiste_ (1848).
2. _Prolétaires_ : le mot désigne les personnes qui ne possèdent, pour vivre, que les revenus de leur travail, et qui exercent un métier manuel ou mécanique. Leur niveau de vie relativement bas les oppose à la figure du « capitaliste » et du « bourgeois ».

des prisons, des églises, des bordels. La poésie véritable est
incluse dans tout ce qui affranchit l'homme de ce bien
20 épouvantable qui a le visage de la mort. Elle est aussi bien dans
l'œuvre de Sade, de Marx ou de Picasso que dans celle de
Rimbaud, de Lautréamont[1] ou de Freud. Elle est dans l'invention
de la radio, dans l'exploit du *Tchéliouskine*[2], dans la révolution
des Asturies[3], dans les grèves de France et de Belgique[4]. Elle peut
25 être aussi bien dans la froide nécessité, celle de connaître ou de
mieux manger, que dans le goût du merveilleux. Depuis plus de
cent ans, les poètes sont descendus des sommets sur lesquels ils
se croyaient. Ils sont allés dans les rues, ils ont insulté leurs
maîtres, ils n'ont plus de dieux, ils osent embrasser la beauté et
30 l'amour sur la bouche, ils ont appris les chants de révolte de la
foule malheureuse et, sans se rebuter, essaient de lui apprendre
les leurs.

[7] Peu leur importent les sarcasmes et les rires, ils y sont
habitués, mais ils ont maintenant l'assurance de parler pour
35 tous. Ils ont leur conscience pour eux.

Dans Paul Eluard, *Œuvres complètes*, t. I,
© Gallimard, « Bibliothèque de la Pléiade », 1968.

---

1. Lire la note 3, p. 32.
2. *Tchéliouskine* : bateau soviétique qui fut pris dans les glaces du détroit de
Behring en 1933. Il dériva, puis se brisa, et les membres de l'équipage durent
se réfugier sur la banquise. Ils furent secourus par des aviateurs qui reçurent le
titre de « Héros de l'Union soviétique ».
3. *Révolution des Asturies* : les Asturies sont l'une des dernières régions du
nord de l'Espagne à résister à Franco pendant la guerre civile. Cette révolution
sera réprimée dans le sang en octobre 1937.
4. Eluard fait ici allusion aux grèves de mai-juin 1936 : les ouvriers occupent
les usines (on compte plus de 12 000 grèves en juin 1936, contre 45 en
moyenne pour les premiers mois de l'année), au cours d'une véritable explo-
sion sociale qui va mener, en France, à la formation du gouvernement du
Front populaire, dirigé par Léon Blum.

Position politique du surréalisme

Au début des années 1920, les surréalistes ne sont guère portés vers la politique, qu'ils considèrent alors comme une activité prosaïque qui fait obstacle à la libération de l'esprit. La guerre du Rif, en 1925, change leur état d'esprit : « La guerre, que nous considérions comme un crime, et dont on nous avait dit sur tous les tons qu'elle ne se reproduirait plus, la guerre, cette fois, c'était la France qui la faisait », déclarera Aragon à ce sujet. L'intervention colonialiste sauvage de la France au Maroc leur fait prendre conscience du fait que la libération de l'esprit ne peut se faire sans la libération de l'homme, qui se joue sur le terrain politique. Les surréalistes font alors paraître en 1925 *La Révolution d'abord et toujours* (lire le texte p. 39), manifeste qui rallie diverses sensibilités de gauche et déclare que la révolution doit être conçue sous une forme sociale : il marque le passage, dans l'histoire du surréalisme, de l'idéalisme au matérialisme dialectique.

Les surréalistes se tournent vers le parti communiste qui semble à Breton « la seule armature susceptible de mettre fin à l'exploitation de l'homme par l'homme ». L'adhésion collective au PCF, en janvier 1927, provoque des ruptures au sein du mouvement surréaliste : Desnos, Artaud et Soupault refusent d'adhérer. Breton, Aragon et Eluard, quant à eux, se heurtent rapidement aux directives communistes concernant l'art engagé, la propagande, ou la condamnation de la psychanalyse. Breton, qui a très vite cessé de se rendre aux réunions de cellule, prend bientôt conscience des absurdités du stalinisme, et préfère s'engager aux côtés du Comité de vigilance des intellectuels antifascistes en février 1934. Les procès de Moscou, en 1936, dénoncés par les surréalistes, entérinent la rupture avec le parti communiste (Eluard, qui refuse de condamner ces procès, sera exclu du mouvement). En réaction, les surréalistes explorent un moment la voie du trotskisme. C'est ainsi qu'en 1938, Breton rend visite à Trotski, réfugié au Mexique, et écrit avec lui un manifeste publié sous le titre *Pour un art révolutionnaire indépendant*, qui se termine ainsi : « Ce que nous voulons : l'indépendance de l'art – pour la révolution. La révolution – pour la libération définitive de l'art. »

La Seconde Guerre mondiale va considérablement modifier le paysage politique français et la position des surréalistes. Quelques-uns s'engagent dans la Résistance, mais la plupart partent en exil dès 1939. Après la guerre, les surréalistes doivent faire face à un contexte politique nouveau : le surréalisme a perdu de son rayonnement au profit de l'existentialisme sartrien et du pessimisme camusien. Dès lors, le surréalisme se replie sur lui-même et refuse toute allégeance, même s'il participe ponctuellement aux grandes manifestations des intellectuels de gauche contre l'intervention soviétique à Budapest en 1956, ou contre la guerre d'Algérie en 1960.

Pour aller plus loin, on consultera avec profit la monumentale autobiographie d'André Thirion, *Révolutionnaires sans révolution* (Robert Laffont, 1972), témoignage fort riche sur le surréalisme et ses engagements politiques. ■

Personnage assis

■ Dans ses toiles, Magritte élabore un style trompeusement académique, et met en scène des objets quotidiens dans des décors inattendus. Il dira ainsi : « Étant donné ma volonté de faire hurler les objets les plus familiers, ceux-ci devaient être disposés dans un ordre nouveau et acquérir un sens bouleversant. » Avec *Le Bon Exemple* (1953), le bouleversement est engendré à la fois par l'anonymat de la silhouette représentée et par l'incongruité de la légende « Personnage assis », qui vient contredire la représentation. C'est là un procédé propre à Magritte, que l'on trouve notamment dans la toile intitulée *Ceci n'est pas une pipe* (qui représente une pipe) : en déroutant le spectateur, les titres surréalistes de Magritte l'obligent à poser sur les objets un regard oblique, tourné vers la face cachée de la réalité.

Libérer le langage

Au commencement était Dada

Les rapports entre Dada et le surréalisme sont difficiles à démêler et parfois sujets à polémique. Breton déclare ainsi dans ses *Entretiens* (1952) qu'il est « inexact et chronologiquement abusif de représenter le surréalisme comme un mouvement issu de Dada ». On ne peut cependant nier que Dada a amorcé une violente remise en question du langage, dont le surréalisme héritera, mais en l'orientant de façon tout à fait différente. Dada dénonce l'impuissance du langage tout en soulignant sa fonction créatrice, tandis que le surréalisme tente de libérer le langage, de lui redonner vie.

■ Tristan Tzara, « Pour faire un poème dadaïste », *Littérature* (1920)

« Pour faire un poème dadaïste » est publié dans la revue *Littérature* en 1920, puis inséré au sein d'un manifeste que Tzara lira en public quelques mois plus tard. On pourrait croire que Tzara y expose une méthode dadaïste. Or jamais le poète n'utilisera ce procédé d'écriture, si ce n'est dans l'exemple fourni à la fin de l'extrait.

Le parti pris ironique de Tzara (l'exposé d'une méthode à usage unique) révèle la mise en cause du langage opérée par Dada : « Dada prenait l'offensive et attaquait le système du monde dans son intégrité, dans ses assises. [...] Ainsi fûmes-nous désignés à prendre comme objet de nos attaques les fondements mêmes de la société, le langage en tant qu'agent de communication entre les individus et la logique qui en était le ciment. Nos conceptions de la spontanéité et le principe selon lequel *"la pensée se fait dans la bouche"* nous amenèrent à répudier la logique primant les phénomènes de vie» (Tzara, dans *Le Surréalisme et l'après-guerre*, 1947). Se moquer du langage et le détourner de façon absurde participe donc d'une action subversive beaucoup plus large, qui vise à toucher un système social dans son ensemble.

Pour faire un poème dadaïste.
Prenez un journal.
Prenez des ciseaux.
Choisissez dans ce journal un article ayant la longueur que
5 vous comptez donner à votre poème.
Découpez l'article.
Découpez ensuite avec soin chacun des mots qui forment cet article et mettez-les dans un sac.
Agitez doucement.
10 Sortez ensuite chaque coupure l'une après l'autre.
Copiez consciencieusement
dans l'ordre où elles ont quitté le sac.
Le poème vous ressemblera.
Et vous voilà un écrivain infiniment original et d'une
15 sensibilité charmante, encore qu'incomprise du vulgaire*.

* Exemple : lorsque les chiens traversent l'air dans un diamant comme les idées et l'appendice de la méninge montre l'heure du réveil programme (le titre est de moi)
prix ils sont hier convenant ensuite tableaux / apprécier le
20 rêve époque des yeux / pompeusement que réciter l'évangile genre s'obscurcit / groupe l'apothéose imaginer dit-il fatalité pouvoir des couleurs / tailla cintres ahuri la réalité un enchantement / spectateur tous à effort de la ce n'est plus 10 à 12 / pendant la

divagation virevolte descend pression / rendre de fous queu-leu-
25 leu chairs sur un monstrueuse écrasant scène / célébrer mais leurs
160 adeptes dans pas aux mis en mon nacré / fastueux de terre
bananes soutint s'éclairer / joie demander réunis presque / de a la
un tant que le invoquait des visions / des chante celle-ci rit / sort
situation disparaît décrit celle 25 danse salut / ' dissimula le tout
30 de ce n'est pas fut / magnifique l'ascension a la bande mieux
lumière dont somptuosité scène me music-hall / reparaît suivant
instant s'agite vivre / affaires qu'il n'y a prêtait / manière mots
viennent ces gens

«Sept Manifestes Dada»,
dans Tristan Tzara, *Dada est tatou. Tout est Dada*,
op. cit., © Flammarion.

Un terrain d'expérimentation

« Il est aujourd'hui de notoriété courante que le surréalisme, en tant
que mouvement organisé, a pris naissance dans une opération de
grande envergure portant sur le langage. [...] On n'a pas assez insisté
sur le sens et la portée de l'opération qui tenait à restituer le langage
à sa vraie vie », déclare Breton dans *Du surréalisme en ses œuvres
vives* (1953). Rendre le langage à sa « vraie vie » consiste en une
reconquête qui s'inscrit plus largement dans l'entreprise de
réalisation de l'homme souhaitée par les surréalistes. Il s'agit de
faire fléchir le langage de la logique, de la raison, au profit du
langage de l'imagination, pour mieux libérer l'homme de la censure
des institutions. Quels moyens le surréalisme se donne-t-il pour
opérer cette reconquête ?

■ Breton et Soupault,
Les Champs magnétiques (1919)

Philippe Soupault (1897-1990) rencontre André Breton par l'intermédiaire de Guillaume Apollinaire. Ils fondent tous deux la revue *Littérature* en 1919, et, la même année, rédigent *Les Champs magnétiques*, recueil de textes écrits sous la dictée de l'inconscient. Les rapports entre Breton et Soupault seront intenses mais brefs, puisque Soupault est exclu du groupe surréaliste dès 1926.

« Incontestablement, il s'agit là du premier ouvrage surréaliste (et nullement Dada) puisqu'il est le fruit des premières applications systématiques de l'écriture automatique », déclare Breton dans ses *Entretiens* de 1952. Le titre du recueil fait ouvertement référence à l'électromagnétisme et aux découvertes scientifiques de l'époque. Il évoque également les *Chants de Maldoror*, œuvre de ce grand « magnétiseur » qu'est Lautréamont, et que Breton et Soupault admirent tous deux. *Les Champs magnétiques* semblent répondre en effet à l'injonction de Lautréamont : « La poésie doit être faite par tous, non par un. » Le résultat de cette poésie écrite à quatre mains est déstabilisant, mystérieux, et parsemé d'obstacles pour le lecteur comme pour les auteurs : « Nous remplissons des pages de cette écriture sans sujet ; nous regardons s'y produire des faits que nous n'avons pas même rêvés, s'y opérer les alliages les plus mystérieux ; nous avançons comme dans un conte de fées », témoigneront-ils plus tard.

La glace sans tain

[…] Un jour, on verra deux grandes ailes obscurcir le ciel et il suffira de se laisser étouffer dans l'odeur musquée de partout. Comme nous en avons assez de ce son de cloches et de faire peur à nous-mêmes ! Étoiles véritables de nos yeux, quel est
5   votre temps de révolution autour de la tête ? Vous ne vous laissez plus glisser dans les cirques et voilà donc que le soleil froisse avec dédain les neiges éternelles ! Les deux ou trois invités retirent leur

cache-col. Quand les liqueurs pailletées ne leur feront plus une
assez belle nuit dans la gorge, ils allumeront le réchaud à gaz. Ne
10 nous parlez pas de consentement universel ; l'heure n'est plus aux
raisonnements d'eau de Botot[1] et nous avons fini par voiler notre
roue dentée qui calculait si bien. Nous regrettons à peine de ne
pouvoir assister à la réouverture du magasin céleste dont les
vitres sont passées de si bonne heure au blanc d'Espagne[2].

15   Ce qui nous sépare de la vie est bien autre chose que cette
petite flamme courant sur l'amiante comme une plante sablon-
neuse. Nous ne pensons pas non plus à la chanson envolée des
feuilles d'or d'électroscope[3] qu'on trouve dans certains chapeaux
haut de forme, bien que nous portions en société un de ceux-là.

20   La fenêtre creusée dans notre chair s'ouvre sur notre cœur.
On y voit un immense lac où viennent se poser à midi des libel-
lules mordorées et odorantes comme des pivoines. Quel est ce
grand arbre où les animaux vont se regarder ? Il y a des siècles
que nous lui versons à boire. Son gosier est plus sec que la paille
25 et la cendre y a des dépôts immenses. On rit aussi, mais il ne faut
pas regarder longtemps sans longue-vue. Tout le monde peut y
passer dans ce couloir sanglant où sont accrochés nos péchés,
tableaux délicieux, où le gris domine cependant.

Il n'y a plus qu'à ouvrir nos mains et notre poitrine pour être
30 nus comme cette journée ensoleillée. « Tu sais que ce soir il y a un
crime vert à commettre. Comme tu ne sais rien, mon pauvre ami.
Ouvre cette porte toute grande, et dis-toi qu'il fait complètement
nuit, que le jour est mort pour la dernière fois. »

---

1. *Eau de Botot* : inventée par Julien Botot en 1755, l'eau de Botot est
utilisée en bain de bouche, pour se laver les dents. La référence à l'eau de
Botot peut être ici interprétée en rapport avec le sens du verbe « se gargariser »
(au sens figuré, « se délecter en se vantant de quelque chose »).
2. *Blanc d'Espagne* : peinture blanche composée de carbonate de calcium
très pur (aussi appelé « Blanc de Meudon »).
3. *Électroscope* : instrument qui permet de détecter les charges électriques et
de déterminer leur signe.

L'histoire rentre dans le manuel argenté avec des piqûres et
35 les plus brillants acteurs préparent leur entrée. Ce sont des
plantes de toute beauté plutôt mâles que femelles et souvent les
deux à la fois. Elles ont tendance à s'enrouler bien des fois avant
de s'éteindre fougères. Les plus charmantes se donnent la peine
de nous clamer avec des mains de sucre et le printemps arrive.
40 Nous n'espérons pas les retirer des couches souterraines avec les
différentes espèces de poissons. Ce plat ferait bon effet sur toutes
les tables. C'est dommage que nous n'ayons plus faim.

Les Champs magnétiques,
© Gallimard, « Poésie », 1971 .

■ Robert Desnos, *Rrose Sélavy* (1922-1923)

Robert Desnos (1900-1945) rencontre les futurs surréalistes dès
1917. Il se distingue brillamment lors de la période dite « des sommeils », en 1922 : il a la capacité de s'endormir à volonté et d'in-
venter des histoires et des aphorismes en état d'hypnose. À travers
l'expérience hypnotique, il offre au surréalisme un nouveau champ
d'exploration : atteindre la vérité par le rêve. Dans ses *Entretiens*,
Breton rend hommage au talent de Desnos : « Nul comme lui n'aura
foncé tête baissée dans toutes les voies du merveilleux. » Desnos quitte
le mouvement surréaliste en 1927. Entré dans la Résistance en 1940, il
est arrêté en 1944 et meurt en déportation au camp de Terezin.

Mis en état d'hypnose, Desnos prétendait entrer en communication avec Rrose Sélavy [1], sorte de double fictif de Marcel Duchamp
(qui apparaît dans la contrepèterie de l'aphorisme 13). Les cent

---

1. *Rrose Sélavy* : pseudonyme d'abord utilisé par Marcel Duchamp pour
certains textes publiés dans des revues Dada. Man Ray fait ensuite un portrait
de Rrose Sélavy en photographiant Duchamp habillé en femme. Desnos
l'invoque dans ses aphorismes, puis Breton lui dédie un poème de *Clair de
terre*. Rrose Sélavy, personnage fictif polymorphe, semble donc incarner la
voix secrète du surréalisme.

cinquante aphorismes rassemblés dans *Rrose Sélavy* (1922-1923) témoignent d'une parole oraculaire qui défie les contraintes de la langue avec une virtuosité sans égale. Ces jeux de mots et calembours parfois obscènes participent de la réflexion sur le langage entamée par les surréalistes, en y apportant une contribution ludique et irrévérencieuse.

1. Dans un temple en stuc de pomme le pasteur distillait le suc des psaumes.

2. Rrose Sélavy demande si les Fleurs du Mal ont modifié les mœurs du phalle[1] : qu'en pense Omphale[2] ?

5 3. Voyageurs, portez des plumes de paon aux filles de Pampelune.

4. La solution d'un sage est-elle la pollution d'un page ?

5. Je vous aime, ô beaux hommes vêtus d'opossums[3].

Question aux astronomes :

10 6. Rrose Sélavy inscrira-t-elle longtemps au cadran des astres le cadastre des ans ?

7. Ô mon crâne, étoile de nacre qui s'étiole.

8. Au pays de Rrose Sélavy on aime les fous et les loups sans foi ni loi.

15 9. Suivrez-vous Rrose Sélavy au pays des nombres décimaux où il n'y a décombres ni maux ?

10. Rrose Sélavy se demande si la mort des saisons fait tomber un sort sur les maisons.

11. Passez-moi mon arc berbère, dit le monarque barbare.

---

1. *Phalle* : forme rare du mot « phallus », qui désigne le pénis en érection.

2. *Omphale* : reine légendaire de Lydie. Elle épousa le héros Hercule, qui était auparavant son esclave (la légende veut qu'elle l'ait obligé à porter des robes de femme et à filer la laine à ses pieds, ce qui expliquerait l'ironique question de Desnos).

3. *Opossums* : petits animaux de la famille des marsupiaux ; le mot désigne aussi, par métonymie, la fourrure de ces animaux.

12. Les planètes tonnantes dans le ciel effrayent les cailles amoureuses des plantes étonnantes aux feuilles d'écaille cultivées par Rrose Sélavy.

13. Rrose Sélavy connaît bien le marchand du sel.

Épitaphe :

14. Ne tourmentez plus Rrose Sélavy, car mon génie est énigme. Caron[1] ne le déchiffre pas.

15. Perdue sur la mer sans fin, Rrose Sélavy mangera-t-elle du fer après avoir mangé ses mains ?

16. Aragon recueille *in extremis* l'âme d'Aramis sur un lit d'estragon.

17. André Breton ne s'habille pas en mage pour combattre l'image de l'hydre du tonnerre qui brame sur un mode amer.

18. Francis Picabia l'ami des castors
Fut trop franc d'être un jour picador[2]
À Cassis en ses habits d'or.

19. Rrose Sélavy voudrait bien savoir si l'amour, cette colle à mouches, rend plus dures les molles couches.

20. Pourquoi votre incarnat est-il devenu si terne, petite fille, dans cet internat où votre œil se cerna ?

[…]

Définition de la poésie pour :

122. Louis Aragon : À la margelle des âmes écoutez les gammes jouer à la marelle.

123. Benjamin Péret : Le ventre de chair est un centre de vair.

124. Tristan Tzara : Quel plus grand outrage à la terre qu'un ouvrage de {verre / vers} ? Qu'en dis-tu, ver de terre ?

125. Max Ernst : La boule rouge bouge et roule.

126. Max Morise : À figue dolente, digue affolante.

---

1. Caron : il est difficile de déterminer qui se cache derrière ce nom, utilisé ici surtout pour sa sonorité.
2. Picador : mot espagnol qui désigne le cavalier qui, dans une corrida, fatigue le taureau avec une pique.

127. Georges Auric : La portée des muses, n'est-ce pas la mort duvetée derrière la porte des musées ?

128. Philippe Soupault : les oies et les zébus sont les rois de ce rébus.

129. Roger Vitrac : Il ne faut pas prendre le halo de la lune à l'eau pour le chant « allo » des poètes comme la lune.

130. Georges Limbour : Pour les Normands le Nord ment.

131. Francis Picabia : Les chiffres de bronze ne sont-ils que des bonzes[1] de chiffes[2] : j'ai tué l'autre prêtre, êtes-vous prête, Rrose Sélavy ?

132. Marcel Duchamp : Sur le chemin, il y avait un bœuf bleu près d'un banc blanc. Expliquez-moi la raison des gants blancs, maintenant ?

133. G. de Chirico * : Vingt fois sur le métier remettez votre outrage.

134. Quand donc appellerez-vous Prétentions, Paul Eluard, les Répétitions ?

Dans Robert Desnos, *Corps et biens*,
© Gallimard, « Poésie », 1968.

L'automatisme ou « ce que dit la bouche d'ombre »

L'automatisme naît de la remise en question, par les surréalistes, de la nature de l'inspiration poétique. Breton s'intéresse aux phrases involontaires prononcées dans l'état de demi-sommeil, et découvre que, dans leur gratuité et leur absurdité, elles recèlent des « éléments poétiques de premier ordre ». La découverte de l'écriture automatique, qui permet de reproduire le discours qui se forme à

---

1. **Bonze** : religieux bouddhiste.
2. **Chiffe** : mauvaise étoffe.

tout moment dans notre inconscient sans que nous le percevions, marque l'acte de naissance du surréalisme.

On a souvent rapproché la méthode de l'écriture automatique de certains procédés utilisés en psychanalyse (lire l'encadré p. 79-80). Les surréalistes exploitent en effet la découverte de la notion d'inconscient, capitale dans la pensée freudienne. Il s'agit pour eux de se mettre à l'écoute de cette voix intérieure, qui n'est contrôlée ni par la conscience ni par la volonté, et qui exprime en des formules inattendues le « minerai brut » de la pensée.

En 1919, Breton et Soupault décident de reproduire cet état de demi-sommeil qui permet l'avènement de la parole automatique, et composent ainsi *Les Champs magnétiques* (lire le texte p. 49). Ils s'astreignent tous deux à produire « un monologue de débit aussi rapide que possible, sur lequel l'esprit critique du sujet ne fasse porter aucun jugement, qui ne s'embarrasse, par suite, d'aucune réticence, et qui soit, aussi exactement que possible, la pensée parlée » (Breton, *Manifeste du surréalisme*).

La plupart des membres du mouvement surréaliste s'adonnent ensuite à l'automatisme, sous des formes littéraires mais aussi picturales, comme c'est le cas pour Masson avec ses « tableaux de sable » (voir p. 64), ou pour Dalí, qui déclarait « fixer [sa] toile comme un médium pour en voir surgir les éléments de [sa] propre imagination » (*Ma Vie secrète*).

En 1933, Breton dresse dans *Le Message automatique* le bilan de cette découverte : « L'histoire de l'écriture automatique dans le surréalisme serait, je ne crains pas de le dire, celle d'une infortune continue. » Cette infortune tient essentiellement aux obstacles rencontrés par l'automatisme : répétitions lassantes, poncifs récurrents, et dépersonnalisation du scripteur. Cependant, malgré ces réserves, l'écriture automatique reste pour lui « l'idée génératrice du surréalisme », le médium qui permet d'explorer l'inconscient et de retrouver les pouvoirs perdus de l'imaginaire. ∎

■ Michel Leiris, *Glossaire j'y serre mes gloses* (1939)

Michel Leiris (1901-1990) rencontre les surréalistes par l'inter-médiaire du peintre André Masson, et participe à leurs activités entre 1924 et 1929. Il poursuivra ensuite ses travaux de poète et de critique, avant de devenir anthropologue et de visiter le monde entier.

Glossaire j'y serre mes gloses (1939) témoigne de la réflexion de Leiris sur les jeux de mots et le pouvoir du langage, réflexion continuée bien après la rupture avec les surréalistes. Dans son auto-biographie *L'Âge d'homme* (1939), Leiris évoque son projet de « décompos[er] les mots du vocabulaire et les reconstitu[er] en des calembours poétiques qui [lui] semblaient expliciter leur significa-tion la plus profonde ». Ce *Glossaire*, dont nous citons les lettres K et L, participe d'une tentative surréaliste de déstructuration du lan-gage, tout en constituant une sorte de dictionnaire poétique person-nel : l'auteur y propose des définitions inattendues, trouvées en jouant sur les homophonies et les échos entre les mots, qui produi-sent un effet à la fois poétique et humoristique.

K

KÉPI – l'épique et l'ipéca[1]. C'est l'équipé qui paie.

KILOGRAMMÈTRE – amarre logique de l'équilibre. Mais l'être rame, hors des repères de force…

KYRIELLE – pluriel lyrique.

L

5   LABOR – l'abhorrer, tel ORARE… Mort aux oraisons taylorisées[2] !

---

1. *Ipéca* : terme de botanique et de pharmacie qui désigne un arbrisseau du Brésil. Le mot est aussi employé dans l'argot militaire pour désigner le médecin-major.

2. *Taylorisées* : terme formé à partir du nom de Frederick Winslow Taylor (1856-1915), économiste américain. Il est le créateur d'un système d'organi-sation scientifique du travail (le « taylorisme ») permettant la suppression …/…

LABOURER – délabrer à rebours.

LABYRINTHE (l'Arbre y tinte…)

LAGUNE – une langue…

10 LAMINAIRE – algue maligne, minute mineure.

LANCINANT – comme une lance, s'insinuant…

LANGAGE – bagage lent, langes de l'esprit.

LANGUE – la gangue des ailes, comme la Lampe en est la hampe.

LÉGENDAIRE – j'entasse les pierres d'antan, dures ou légères.

15 LÈVRES – on les lit comme des livres.

LIBERTÉ – bélier de vérité.

Lieben, leben [1] (le lit d'ébène.)

LIMITE – lime-mythe ?

LIMON – mon lit.

20 LINGE (plein de lignes.)

LIQUEUR, lie-cœur.

LIT, île.

LITTÉRATURE – art de lutte et de râles ; ou bien raclure de littoral.

25 LITURGIE – orgie des je-tu-il : Trinité ? Léthargie…

LIVRE – une vrille.

LOGIQUE (qu'elle gise en loques !)

LUCARNE – lacune, nacrée par la nuit lunaire.

LUCIDE – Lucifer de l'épée, quel suicide…

30 LUCRÈCE – serve crédule, crucifiée de luxures secrètes.

LUEUR – aile eue, œufs eus : air. (Elle est comme un oiseau.)

LUMIÈRE – les pierres humiliées s'y mirent.

LUNE – l'urne des nues.

LUXURE – l'usure du luxe charnu erre…

Dans Michel Leiris, *Mots sans mémoire*,
© Gallimard, « L'Imaginaire », 1969.

…/… de tout geste inutile dans le mouvement humain, afin d'aboutir à un rendement maximal.

1. *Lieben, leben* : en allemand : « aimer, vivre ».

■ Louis Aragon, « Une fois pour toutes », *Le Mouvement perpétuel* (1926)

Le Mouvement perpétuel, recueil de poèmes publié en 1926, semble donner une clé à la compréhension de l'œuvre d'Aragon, œuvre en mouvement, sans cesse remise en question.

Le poème que nous reproduisons, « Une fois pour toutes », rend hommage à une pratique surréaliste (le jeu des définitions, lire le dossier p. 98) tout en la ridiculisant et en la renvoyant au néant. L'expérimentation est ici représentée avec ironie, l'écriture surréaliste est provoquée, mise en question : Aragon évolue dans une logique de transgression répétée, qui n'hésite pas à interroger les données surréalistes.

Une fois pour toutes

Qu'est-ce que parler veut dire ?
– Semer des cailloux blancs que les oiseaux mangeront.
Que redoutez-vous le plus au monde ?
– Certains animaux lents qui se promènent après minuit
5 autour des arbres de lumière ; les autobus aussi.
Qu'auriez-vous voulu être ?
– Le passé, le présent, l'avenir.
Qu'appelle-t-on vertu ?
– Un hamac de plaisir aux branches suprêmes des forêts.
10 *Courage ?*
– Les gouttes de lait dans la timbale d'argent de mon baptême.
Honneur ?
– Un billet d'aller et retour pour Monte-Carlo.
Aimez-vous la nature ?
15 – Sur mon berceau parfois se penchait un lévrier triste comme les bijoux ensevelis dans la mer. Des flammes dansantes passaient au-dessus de mon front avec des colliers de marguerites. Des dames faisaient la révérence devant le crépuscule. Un beau soir il n'y eut plus personne au bord de l'eau.

20   *Qu'est-ce que l'amour ?*
        – Un anneau d'or dans les nuages.
        Qu'est-ce que la mort ?
        – Un petit château-fort sur la montagne.
        ....
        – Un palais fermé par les plantes, un glaçon sur le cours de la
25   ville, un regard vers le paradis.
        Je ne vous demandais rien.
        – Ah ?

Le Mouvement perpétuel,
© Gallimard, «Poésie», 1970.

« Beau comme la rencontre... »

La formule « BEAU COMME... » est inaugurée par Lautréamont dans
les *Chants de Maldoror* : « Il est beau comme la rétractabilité des
serres des oiseaux rapaces ; ou encore, comme l'incertitude des
mouvements musculaires dans les plaies des parties molles de la
région cervicale postérieure ; ou plutôt, comme ce piège à rat
perpétuel toujours retendu par l'animal pris, qui peut prendre seul
des rongeurs indéfiniment, et fonctionner même caché sous la
paille ; et surtout, comme la rencontre fortuite sur une table de
dissection d'une machine à coudre et d'un parapluie ! » (chant VI).
Cette formule destinée à provoquer « un sentiment de remarquable
stupéfaction[1] » va profondément marquer l'esthétique surréaliste.
Les surréalistes voient en effet dans son style une volonté semblable
à la leur de bouleverser le langage, l'écriture et le monde en créant
de l'insolite : ils sont à la recherche d'images nouvelles, qui sont
autant de rencontres stupéfiantes, hallucinatoires entre les mots.
C'est ce que revendique Breton dans *Signe ascendant* (1947) : « Pour
moi, la seule *évidence* au monde est commandée par le rapport

---

1. Lautréamont, préface du chant VI des *Chants de Maldoror*.

spontané, extralucide, insolent qui s'établit, dans certaines conditions, entre telle chose et telle autre que le sens commun retiendrait
de confronter. »

■ Louis Aragon, *Le Paysan de Paris* (1926)

Le Paysan de Paris veut offrir une vision nouvelle du paysage
parisien, comme à travers les yeux d'un paysan qui s'y promène-
rait pour la première fois. Aragon célèbre ainsi, dans la première
partie du roman, le passage de l'Opéra qui était alors sur le point
d'être détruit. Il s'attarde sur les enseignes des boutiques, les
affiches, les hôtels, et tente de révéler le « merveilleux » caché dans
le quotidien.

« Le vice appelé Surréalisme est l'emploi déréglé et passionnel
du stupéfiant image, ou plutôt de la provocation sans contrôle de
l'image pour elle-même et pour ce qu'elle entraîne dans le
domaine de la représentation de perturbations imprévisibles et de
métamorphoses », déclare Aragon au début du *Paysan de Paris*.
L'image renouvelée par l'imprévu, voilà ce que recherche Aragon. Il
trouve l'objet de sa quête dans la boutique d'un coiffeur : la description d'une chevelure permet à l'auteur de congédier les métaphores
et les images convenues, et de déployer en virtuose la magie du
verbe surréaliste, faite de rencontres inattendues. Il illustre ainsi la
formule de Breton : « Le mot le plus exaltant dont nous disposions
est le mot COMME, que ce mot soit prononcé ou *tu*. C'est à travers
lui que l'imagination humaine donne sa mesure et que se joue le
plus haut destin de l'esprit » (*Signe ascendant*, 1947).

Serpents, serpents, vous me fascinez toujours.

Dans le passage de l'Opéra, je contemplais ainsi un jour les
anneaux lents et purs d'un python de blondeur. Et brusquement,
pour la première fois de ma vie, j'étais saisi de cette idée que les
5 hommes n'ont trouvé qu'un terme de comparaison à ce qui est

blond : *comme les blés*, et l'on a cru tout dire. Les blés, malheureux, mais n'avez-vous jamais regardé les fougères ? J'ai mordu
tout un an des cheveux de fougère. J'ai connu des cheveux de
résine, des cheveux de topaze, des cheveux d'hystérie. Blond
10 comme l'hystérie, blond comme le ciel, blond comme la fatigue,
blond comme le baiser. Sur la palette des blondeurs, je mettrai
l'élégance des automobiles, l'odeur des sainfoins[1], le silence des
matinées, les perplexités de l'attente, les ravages des frôlements.
Qu'il est blond le bruit de la pluie, qu'il est blond le chant des
15 miroirs ! Du parfum des gants au cri de la chouette, des batte-
ments du cœur de l'assassin à la flamme-fleur des cytises[2], de la
morsure à la chanson, que de blondeurs, que de paupières : blondeur des toits, blondeur des vents, blondeur des tables, ou des
palmes, il y a des jours entiers de blondeur, des grands magasins
20 de Blond, des galeries pour le désir, des arsenaux de poudre
d'orangeade. Blond partout : je m'abandonne à ce pitchepin[3]
des sens, à ce concept de la blondeur qui n'est pas la couleur
même, mais une sorte d'esprit de couleur, tout marié aux accents
de l'amour. Du blanc au rouge par le jaune, le blond ne livre pas
25 son mystère. Le blond ressemble au balbutiement de la volupté,
aux pirateries des lèvres, aux frémissements des eaux limpides. Le
blond échappe à ce qui définit, par une sorte de chemin capri-
cieux où je rencontre les fleurs et les coquillages. C'est une espèce
de reflet de la femme sur les pierres, une ombre paradoxale des
30 caresses dans l'air, un souffle de défaite de la raison. Blonds
comme le règne de l'étreinte, les cheveux se dissolvaient donc
dans la boutique du passage, et moi je me laissais mourir depuis
un quart d'heure environ. Il me semblait que j'aurais pu passer
ma vie non loin de cet essaim de guêpes, non loin de ce fleuve de

---

1. *Sainfoins* : plantes herbacées utilisées comme fourrage.
2. *Cytises* : arbrisseaux dont les fleurs propagent une odeur remarquable.
3. *Pitchepin* (ou « pitchpin ») : bois très résineux utilisé dans la fabrication des
meubles.

lueurs. Dans ce lieu sous-marin, comment ne pas penser à ces héroïnes de cinéma qui, à la recherche d'une bague perdue, enferment dans un scaphandre toute leur Amérique nacrée ? Cette chevelure déployée avait la pâleur électrique des orages, l'embu d'une respiration sur le métal. Une sorte de bête lasse qui somnole en voiture. On s'étonnait qu'elle ne fît pas plus de bruit que des pieds déchaussés sur le tapis. Qu'y a-t-il de plus blond que la mousse ? J'ai souvent cru voir du champagne sur le sol des forêts. Et les girolles ! Les oronges[1] ! Les lièvres qui fuient ! Le cerne des ongles ! Le cœur du bois ! La couleur rose ! Le sang des plantes ! Les yeux des biches ! La mémoire : la mémoire est blonde vraiment. À ses confins, là où le souvenir se marie au mensonge, les jolies grappes de clarté ! La chevelure morte eut tout à coup un reflet de porto : le coiffeur commençait les ondulations Marcel[2].

Le Paysan de Paris,
© Gallimard, « Folio », 1978.

■ **Paul Eluard, « La terre est bleue comme une orange... »,** *L'Amour la poésie* **(1929)**

Paul Eluard est sans doute l'un des poètes surréalistes qui s'est avancé le plus loin dans la recherche sur le langage. Selon lui, la langue ne doit pas se borner à être « une sorte d'amande / une médaille vernie / pour le plus grand ennui » : il revient au poète d'exploiter les images inattendues et les alliances de mots.

L'Amour la poésie (1929) rassemble de nombreux poèmes qui font état de ces recherches. Ainsi, dans « La terre est bleue comme une orange... », le premier vers rend compte de la liberté absolue du poète dans son traitement du langage, liberté justifiée par le second

---

1. *Oronges* : champignons de couleur orange.
2. *Ondulations Marcel* : technique de mise en plis en vogue dans les années 1920.

vers qui témoigne d'une confiance illimitée dans le pouvoir des mots
(« les mots ne mentent pas »). L'analogie permet de renouveler la
perception du monde, ce que souligne Desnos dans un poème de
1934 qui rend un hommage discret à Eluard : « Comme je dis comme
et tout se métamorphose, le marbre en eau, le ciel en orange, le vin
en plaine, le fil en six, le cœur en peine, la peur en Seine. »

La terre est bleue comme une orange
Jamais une erreur les mots ne mentent pas
Ils ne vous donnent plus à chanter
Au tour des baisers de s'entendre
5   Les fous et les amours
Elle sa bouche d'alliance
Tous les secrets tous les sourires
Et quels vêtements d'indulgence
À la croire toute nue.

10   Les guêpes fleurissent vert
L'aube se passe autour du cou
Un collier de fenêtres
Des ailes couvrent les feuilles
Tu as toutes les joies solaires
15   Tout le soleil sur la terre
Sur les chemins de ta beauté.

Dans Paul Eluard, Capitale de la douleur,
© Gallimard, « Poésie », 1966.

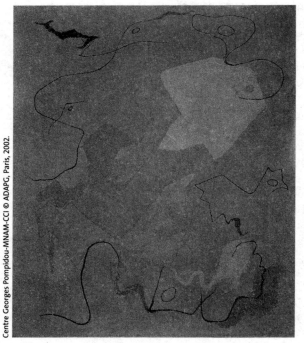

■ Le peintre André Masson a contribué à adapter l'automatisme en peinture. Il a mis au point, à la fin des années 1920, une technique de «peinture automatique» reposant sur l'utilisation de colles, sables et divers matériaux bruts : ce sont les «tableaux de sable», parmi lesquels on compte *Les Villageois* (1927). Il décrit ainsi ce processus de création : «Je commençais par mettre à plat un morceau de toile [...] non préparée. Là-dessus, je jetais des flaques de colle que je manipulais. [...] Puis je répandais du sable, je secouais encore le tableau pour qu'il se produise des éclatements de flaques, quelquefois je ratissais avec un couteau, j'obtenais quelque chose qui n'avait aucun sens, mais qui pouvait en provoquer un. Et tout cela avec la rapidité du jet. [...] Avec un peu de peinture, j'ajoutais quelques lignes mais aussi vite que possible. »

Traquer le merveilleux
dans le réel

Le hasard des rues

Les surréalistes sont des amoureux de la ville : ils y déambulent, s'y perdent, y suivent des inconnues, y découvrent le merveilleux caché dans le quotidien. Cette errance dans les rues de Paris est qualifiée par Aragon de « métaphysique des lieux », terme qui désigne une activité mentale et poétique montrant la réalité urbaine à travers le prisme de l'imagination. Paris acquiert ainsi un rôle de choix dans la mythologie surréaliste : la ville est le lieu de tous les possibles, de tous les mystères, de toutes les rencontres, comme le souligne Breton dans ses *Entretiens* : « Des ouvrages comme *Le Paysan de Paris* ou *Nadja* rendent assez bien compte de ce climat mental où le goût d'errer est porté à ses extrêmes limites. Une quête ininterrompue s'y donne libre cours : il s'agit de voir, révéler ce qui se cache sous les apparences. La rencontre imprévue qui tend toujours, explicitement ou non, à prendre les traits d'une femme, marque la culmination de cette quête. »

■ André Breton, *Nadja* (1928)

Le récit le plus connu d'André Breton, *Nadja*, décrit la rencontre exceptionnelle du poète et d'une femme séduisante et troublante, Nadja. Cette rencontre, qui constitue un hasard objectif majeur (lire l'encadré p. 70-71), exige une forme narrative spécifique. Breton

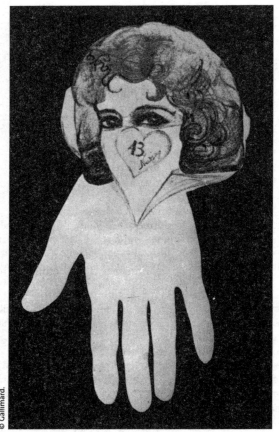

© Gallimard.

■ Dans *Nadja*, André Breton insère des photographies et des dessins qui comportent pour légendes des phrases extraites du récit. Le dessin ci-dessus est l'œuvre de Nadja, personnage éponyme que Breton rencontre dans la rue : il s'agit d'un « découpage [...] en deux parties, de manière à pouvoir varier l'inclinaison de la tête ». Neuf de ces dessins sont incorporés au récit : ce sont autant de signaux envoyés par Nadja à Breton, qui s'efforce de les déchiffrer. Nadja incarne la femme-médium, douée de pouvoirs surnaturels : une femme à la fois féerique et inquiétante, que Breton, à la fin du récit, refuse de suivre dans son trajet vers la folie.

veut que son récit soit « battant comme une porte » : il choisit une méthode d'investigation nouvelle, dénuée d'introspection et d'analyse psychologique, et exposée sous la forme d'un journal tenu entre le 4 et le 13 octobre 1926. Le récit, qui se refuse à toute description, est ponctué de photographies qui introduisent un réel brut dans cette quête du merveilleux. Ces photographies se donnent à lire comme les phrases du texte, elles sont chargées de signes, tout comme les aventures qui jalonnent le parcours du couple.

Le poète est le « témoin hagard » d'événements qu'il qualifie de « faits-glissades » et de « faits-précipices »[1], au contact desquels la raison vacille. Nadja, âme errante, personnage équivoque, semble posséder des pouvoirs magiques, presque maléfiques. Femme surréaliste par excellence, elle guide le poète au sein de Paris et lui dévoile une ville nouvelle, où se déploient rêve, mystère et coïncidences stupéfiantes.

6 octobre. – De manière à n'avoir pas trop à flâner je sors vers quatre heures dans l'intention de me rendre à pied à « la Nouvelle France » où je dois rejoindre Nadja à cinq heures et demie. Le temps d'un détour par les boulevards jusqu'à l'Opéra, où m'appelle une course brève. Contrairement à l'ordinaire, je choisis de
5 suivre le trottoir droit de la rue de la Chaussée-d'Antin. Une des premières passantes que je m'apprête à croiser est Nadja, sous son aspect du premier jour. Elle s'avance comme si elle ne voulait pas me voir. Comme le premier jour, je reviens sur mes pas avec
10 elle. Elle se montre assez incapable d'expliquer sa présence dans

---

1. Ces deux termes sont expliqués dans la première partie de *Nadja* : « Il s'agit de faits qui, fussent-ils de l'ordre de la constatation pure, présentent chaque fois toutes les apparences d'un signal, sans qu'on puisse dire au juste de quel signal, qui font qu'en pleine solitude, je me découvre d'invraisemblables complicités, qui me convainquent de mon illusion toutes les fois que je me crois seul à la barre du navire. »

■ À la Nouvelle France...

cette rue où, pour faire trêve à de plus longues questions, elle me dit être à la recherche de bonbons hollandais. Sans y penser, déjà nous avons fait demi-tour, nous entrons dans le premier café venu. Nadja observe envers moi certaines distances, se montre
15 même soupçonneuse. C'est ainsi qu'elle retourne mon chapeau, sans doute pour y lire les initiales de la coiffe, bien qu'elle prétende le faire machinalement, par habitude de déterminer à leur insu la nationalité de certains hommes. Elle avoue qu'elle avait l'intention de manquer le rendez-vous dont nous avions
20 convenu. J'ai observé en la rencontrant qu'elle tenait à la main l'exemplaire des *Pas perdus*[1] que je lui ai prêté. Il est maintenant sur la table et, à en apercevoir la tranche, je remarque que quelques feuillets seulement en sont coupés. Voyons : ce sont ceux de l'article intitulé : « L'esprit nouveau », où est relatée
25 précisément une rencontre frappante, faite un jour, à quelques minutes d'intervalle, par Louis Aragon, par André Derain[2] et par moi. L'indécision dont chacun de nous avait fait preuve en la circonstance, l'embarras où quelques instants plus tard, à la même table, nous mit le souci de comprendre à quoi nous
30 venions d'avoir affaire, l'irrésistible appel qui nous porta, Aragon et moi, à revenir aux points mêmes où nous était apparu ce véritable sphinx sous les traits d'une charmante jeune femme allant d'un trottoir à l'autre interroger les passants, ce sphinx qui nous avait épargnés l'un après l'autre et, à sa recherche, de *courir*
35 le long de toutes les lignes qui, même très capricieusement, peuvent relier ces points – le manque de résultats de cette pour- suite que le temps écoulé eût dû rendre sans espoir, c'est à cela

---

1. *Les Pas perdus* : recueil publié en 1924, qui rassemble des essais composés par Breton pendant les années de « gestation » du surréalisme, avant la rédaction du *Manifeste* de 1924.
2. *André Derain* (1880-1954) : peintre qui incarne, avec son ami Vlaminck, le foyer du renouveau de la peinture au tournant du siècle, communément appelé « fauvisme ». Il fut très brièvement l'ami de Breton, qui rejeta ensuite sa peinture.

qu'est allée tout de suite Nadja. Elle est étonnée et déçue du fait
que le récit des courts événements de cette journée m'ait paru
40 pouvoir se passer de commentaires. Elle me presse de m'expliquer sur le sens exact que je lui attribue tel quel et, puisque je
l'ai publié, sur le degré d'objectivité que je lui prête. Je dois
répondre que je n'en sais rien, que dans un tel domaine le droit
de constater me paraît être tout ce qui est permis, que j'ai été
45 la première victime de cet abus de confiance, si abus de confiance
il y a, mais je vois bien qu'elle ne me tient pas quitte, je lis
dans son regard l'impatience, puis la consternation. Peut-être
s'imagine-t-elle que je mens : une assez grande gêne continue à
régner entre nous. Comme elle parle de rentrer chez elle, j'offre
50 de la reconduire. Elle donne au chauffeur l'adresse du Théâtre
des Arts qui, me dit-elle, se trouve à quelques pas de la maison
qu'elle habite.

Nadja, © Gallimard, «Folio», 1972.

Le hasard objectif

Dans *Nadja*, Breton déclare : « Je n'ai dessein de relater, en marge
du récit que je vais entreprendre, que les épisodes les plus marquants
de ma vie telle que je peux la concevoir hors de son plan organique,
soit dans la mesure même où elle est livrée aux hasards, au plus petit
comme au plus grand, où regimbant contre l'idée commune que je
m'en fais, elle m'introduit dans un monde défendu qui est celui des
rapprochements soudains, des pétrifiantes coïncidences, des réflexes
primant tout autre essor du mental... »

Ce sont ces « rapprochements soudains » et ces « pétrifiantes
coïncidences » qui forment le hasard objectif. Celui-ci est qualifié
d'objectif car il découle d'une nécessité qui échappe à la
conscience. Il ouvre donc aux surréalistes un champ d'investigation qui est « le lieu de manifestations exaltantes » (Breton).

Quelles sont les conditions de développement du hasard objectif ? Il faut, selon les surréalistes, être dans un état de vacance intellectuelle et partir à la rencontre de l'objet sans avoir d'idée préconçue. En posant un regard neuf sur la réalité, on y aperçoit un entrelacs de causes déterminantes hors de toute logique. L'objet surréaliste serait le point de rencontre entre le hasard apparent et la causalité cachée : il donne une forme concrète à une recherche intérieure.

Ainsi, dans *L'Amour fou* (1937), Breton évoque une promenade aux Puces avec Giacometti *, au cours de laquelle se révèle le hasard objectif. Les deux hommes sont attirés chacun par un objet différent qui traduit leur recherche intérieure du moment. Breton porte son attention sur une cuillère en bois, Giacometti sur un masque mystérieux. Breton analyse alors la place des deux objets dans le paysage inconscient de chacun, en montrant que la cuillère et le masque répondent à une attente, à des désirs particuliers catalysés par la présence des deux amis au même endroit et au même moment : « Je serais tenté de dire que les deux individus qui marchent l'un près de l'autre constituent une seule machine à influence amorcée. La trouvaille me paraît équilibrer tout à coup deux niveaux de réflexion très différents, à la façon de ces brusques condensations atmosphériques dont l'effet est de rendre conductrices des régions qui ne l'étaient point et de produire les éclairs. » ■

■ Philippe Soupault, *Les Dernières Nuits de Paris* (1927)

Philippe Soupault participe activement aux débuts du surréalisme, et pratique avec talent l'écriture automatique (lire l'encadré p. 54-55). Il est exclu du mouvement en 1926, mais il continue d'écrire des romans et des poèmes, parallèlement à ses activités de journaliste et d'homme de radio.

Les Dernières Nuits de Paris, court roman paru en 1927, après la rupture avec Breton, explore néanmoins des thèmes éminemment surréalistes : le récit se déroule dans un Paris nocturne, secret, peuplé de créatures étonnantes croisées au hasard des rues. Il y règne une gaieté légère et ludique, qui en fait le pendant heureux de *Nadja*. Dans l'extrait que nous citons ici, le narrateur, qui déambule dans Paris la nuit, est bientôt rejoint par une cohorte de compagnons insolites : une prostituée, Georgette, un marin déserteur, et un chien errant. Ces quatre personnages vont errer dans la ville, sans but et sans apparente cohérence, dans une sorte d'odyssée nocturne parodique.

    – Où allons-nous ?

Cette question mauvaise et hargneuse, je l'attendais. C'est la question de la nuit et Georgette ne faisait qu'exprimer à haute voix cette interrogation éternelle.

5   Une question de plus sans réponse, une question que l'on pose aux astres, au climat, aux ombres, à la ville entière.

Georgette, le marin, le chien et moi-même ne pouvions répondre et nous poursuivions cette réponse, marchant à l'aventure, poussés ici plutôt que là par une invincible fatigue.

10   En y réfléchissant bien, tandis que sous les arbres des Champs-Élysées nous marchions à pas mous, je croyais deviner un but, celui de tous les promeneurs nocturnes de Paris : nous étions partis à la recherche d'un cadavre.

Si tout à coup nous avions rencontré un être sans vie gisant 15 sur le trottoir, baignant peut-être dans son sang ou appuyé contre un mur, nous nous serions immédiatement arrêtés, et cette nuit aurait été terminée. Mais c'est cette rencontre et seulement cette rencontre qui aurait pu nous contenter.

Je sais, nous savons qu'à Paris la mort seule est assez puis-20 sante pour éteindre cette passion sans objet, pour achever une promenade sans but. Un cadavre nous fait buter contre l'éternel.

Ô secret inviolable de Paris ! Une prostituée, un marin, un chien m'aidèrent ce soir-là à te pressentir.

25 Les ombres, toutes les ombres, peuplaient ces Champs-Élysées ; entraîné par elles, à tâtons je cherchais la forme du secret.

Le froid naquit, puis une lueur blanche qui ressemblait au cri des coqs.

C'était le minuscule matin. Je hâtai le pas.

Georgette, le marin et le chien disparurent, prenant congé 30 sans bruit.

Le jour était né. Paris, engourdi, commençait à dormir.

Les Dernières Nuits de Paris,
© Gallimard, « L'Imaginaire », 1997.

La folie

Les surréalistes sont très tôt confrontés au phénomène de la folie, que ce soit par leur intérêt pour la psychanalyse (lire l'encadré p. 79-80) ou par la rencontre de personnes touchées par la maladie mentale (Artaud, mais aussi Leonora Carrington* ou Nadja). Le dément, qui vit en marge de la société, crée ses propres lois, sa propre vision du monde : il semble donc présenter un modèle de comportement pour les surréalistes. Selon eux, la folie permet d'exprimer sa pure subjectivité : elle conduit à la liberté absolue. C'est l'idée qui motive la lettre ouverte adressée aux médecins-chefs des asiles de fous, en 1925 : « Sans insister sur le caractère parfaitement génial des manifestations de certains fous, dans la mesure où nous sommes aptes à les apprécier, nous affirmons la légitimité absolue de leur conception de la réalité, et de tous les actes qui en découlent. »

On notera cependant que ce discours paradoxal sur la folie provoque des dissensions au sein du groupe : si Breton et Eluard simulent le dérèglement mental pour composer un nouvel éloge de la folie (lire le texte ci-dessous), Artaud, qui fut touché et détruit par la folie, ne la considère aucunement comme un moyen d'accès à la liberté, mais plutôt comme une déperdition d'être (lire le texte p. 76).

■ Breton et Eluard, *L'Immaculée Conception* (1930)

En 1930, Breton et Eluard font paraître *L'Immaculée Conception*, ouvrage fondé sur la simulation verbale de délires psychiques : on y trouve des essais de simulation de la débilité mentale, de la paralysie générale, du délire d'interprétation[1], de la démence précoce, etc. Il s'agit donc de mimer la folie et d'exploiter ses possibilités de création, tout en montrant qu'elle existe à l'état latent dans l'esprit humain.

Pour les auteurs, la folie permet d'explorer un langage nouveau, et constitue un « remarquable criterium[2] au point de vue de la poétique moderne » : « Nous en proposerions fort bien la généralisation [...] et à nos yeux l'"essai de simulation" de maladies qu'on enferme remplacerait avantageusement la ballade, le sonnet, l'épopée, le poème sans queue ni tête et autres genres caducs. » Si l'on peut mettre en doute cette dernière affirmation, on ne peut cependant nier la présence d'« imprévues et toutes nouvelles formes poétiques » engendrées par cette méthode d'écriture. L'extrait que nous citons ci-dessous étonne par la richesse de ses images et jeux de mots insolites : la reconquête du langage, toute provocante qu'elle soit chez les surréalistes, n'en est pas moins ludique et surprenante.

---

1. *Délire d'interprétation* : trouble psychique caractérisé par la présence d'idées en contradiction manifeste avec la réalité ou le bon sens, et qui peut prendre la forme de délire de persécution, ou paranoïa.
2. *Criterium* : critère qui permet d'évaluer un sujet d'étude.

Essai de simulation de la manie aiguë[1]

Bonjour Messieurs, bonsoir Mesdames et la Compagnie du Gaz. Monsieur le Président je suis à vos ordres, j'ai un lampion noir à ma bicyclette. On a mis le chat, le chien, ma mère et mon père, mes enfants, l'aigle dans sa petite charrette, on a mis ces spécimens pauvres au fourgon dont les gonds tournent, tournent et tournent. D'un pont à l'autre, les aiguilles tombent comme autant de coups de sabre. Le cimetière est au bout du village près de la maison de ville. Voilà qui n'est pas pour renouer les chaînes de la famille en temps de famine.

Le cocorico des coquettes anime les alinéas des écrivains. Il y a là Lamartine qui couchait dans un drapeau sur l'affût d'un arrière-train de lièvre à toute vitesse, il y a là Bazaine[2] qui allait rendre Sedan à César. Toi, par exemple, tu n'es pas là : tu tiens un arrosoir, tu as une jambe coupée, ça fait deux jambes que j'enjambe au mois de janvier. En février je ramasse les fèves. En 1930 je suis rentier[3].

Frappé d'un coup de soleil au haut du ciel, le Parisien finit par tendre un filet de canards. On ne crie pas au secours, mais auréole et la dignité s'en trouve bien. J'ai des façons absolument sûres de ramasser le foin du faune. Un masseur m'a fait cadeau d'une massue. C'est pour les relire au coin du feu que j'ai sur moi les œuvres des Titans et des Tantales. Je n'ai pas besoin de les mentionner sur l'inventaire de mes inventions. La peinture s'affiche. Je respecte M. Courbet,

---

1. Manie aiguë : syndrome mental caractérisé par une exaltation euphorique, qui provoque l'expansivité, l'incohérence des idées et des mouvements.
2. Bazaine (1811-1888) était un maréchal de l'armée de Napoléon III, qui commanda la bataille de Sedan (septembre 1870). Cette défaite, et la capitulation de Napoléon III qui s'ensuivit, entraîna la proclamation de la République à Paris.
3. Rentier : personne qui vit de ses rentes, c'est-à-dire de revenus non professionnels.

²⁵ M. Ingres[1] me courbature. Des faulx éclipsent à mes yeux la cuirasse. À ce propos j'avertis ici les gendarmes : nous ne sacrifions pas à la petite paresse des jeux de cartes ; ce n'est pas une raison parce que nous sommes pendus à des corbeaux de vingt mètres de haut que nous allons crier « Hue » aux arbres morts.

³⁰   Le mariage de Marie s'est consommé au milieu d'un débordement de soupirs. Il a fallu séparer le constructeur de son œuvre. Il mêlait trop d'architectures à cette carcasse de briques qui fauche les sangsues par les beaux soirs d'été. Le ventre tient tout vivant dans la main. Moi j'aime à être couché sur le ventre, à ³⁵ condition que ce ne soit pas toujours le mien, bien entendu. Les femmes sont petites mains à Paris, grandes mains à la campagne. Elles mangent les moineaux au Luxembourg. Je ne comprends pas l'espéranto[2] mais je trouve qu'espérance désordonnée commence par soi-même. Je parie une vessie contre une lanterne ⁴⁰ à un croque-mort qu'il n'y a pas d'éternité. L'éternité c'est l'éther et c'est tout. J'ai fait mes études chez un avoué qui me disait : N'avouez jamais. Au conseil de révision[3] j'ai été réformé pour la vision.

L'Immaculée Conception, © Seghers, 1972.

■ Antonin Artaud, *Le Pèse-nerfs* (1925)

Antonin Artaud (1896-1948) rencontre les surréalistes en 1924. Il écrit des textes rageurs pour *La Révolution surréaliste* (on lui attribue souvent la paternité de la lettre ouverte aux médecins-chefs des asiles de fous), mais se brouille en 1927 avec le groupe qui lui

---

1. Gustave Courbet (1819-1877) et Jean Auguste Ingres (1780-1867) sont deux peintres français.

2. *Espéranto* : langue auxiliaire internationale, créée en 1887 à partir de racines appartenant aux langues romanes.

3. *Conseil de révision* : tribunal administratif qui était chargé de se prononcer sur l'aptitude au service militaire.

reproche ses activités mondaines. Il définit peu après un nouveau théâtre magique et rituel, presque sans paroles, le « théâtre de la cruauté » (expliqué dans le recueil d'articles *Le Théâtre et son double*, paru en 1938). Cependant, sa folie s'aggrave et le conduit à l'internement, de 1943 à 1947. Il sera libéré de l'asile sur l'instance de ses amis peu de temps avant de mourir d'un cancer.

La folie d'Artaud a fortement influencé les surréalistes, comme en témoigne ce portrait dressé par Breton dans ses *Entretiens* : « Très beau, comme il était alors, en se déplaçant il entraînait avec lui un paysage de roman noir, tout transpercé d'éclairs. Il était possédé par une sorte de fureur qui n'épargnait pour ainsi dire aucune des institutions humaines [...]. N'empêche que cette fureur, par l'étonnante puissance de contagion dont elle disposait, a profondément influencé la démarche surréaliste. » Cette folie à laquelle, selon ses propres mots, Artaud « assiste », se déploie dans *Le Pèse-nerfs*. Le texte participe d'une volonté de faire violence au langage pour fouiller les extrêmes de l'angoisse et de la souffrance : « Je parle [...] d'une sorte de souffrance sans images, sans sentiment, et qui est comme un heurt indescriptible d'avortements » (*L'Ombilic des limbes*, 1925).

Il me manque une concordance des mots avec la minute de mes états.

« Mais c'est normal, mais à tout le monde il manque des mots, mais vous êtes trop difficile avec vous-même, mais à vous
5 entendre il n'y paraît pas, mais vous vous exprimez parfaitement en français, mais vous attachez trop d'importance à des mots. »

Vous êtes des cons, depuis l'intelligent jusqu'au mince, depuis le perçant jusqu'à l'induré[1], vous êtes des cons, je veux dire que
10 vous êtes des chiens, je veux dire que vous aboyez au-dehors, que vous vous acharnez à ne pas comprendre. Je me connais, et cela

---

1. ***Induré*** : adjectif employé en médecine pour désigner ce qui est endurci.

me suffit, et cela doit suffire, je me connais parce que je m'assiste,
j'assiste à Antonin Artaud.

«Tu te connais, mais nous te voyons, nous voyons bien ce
15 que tu fais.

– Oui, mais vous ne voyez pas ma pensée.»

À chacun des stades de ma mécanique pensante, il y a des
trous, des arrêts, je ne veux pas dire, comprenez-moi bien, dans
le temps, je veux dire dans une certaine sorte d'espace (je me
20 comprends) ; je ne veux pas dire UNE pensée en longueur, une
pensée en durée de pensées, je veux dire une pensée, une seule, et
une pensée EN INTÉRIEUR ; mais je ne veux pas dire une pensée
de Pascal, une pensée de philosophe, je veux dire la fixation
contournée, la sclérose d'un certain état. Et attrape !

25 Je me considère dans ma minutie. Je mets le doigt sur le point
précis de la faille, du glissement inavoué. Car l'esprit est plus
reptilien que vous-mêmes, Messieurs, il se dérobe comme les
serpents, il se dérobe jusqu'à attenter à nos langues, je veux dire
à les laisser en suspens.

30 Je suis celui qui a le mieux senti le désarroi stupéfiant de sa
langue dans ses relations avec la pensée. Je suis celui qui a le
mieux repéré la minute de ses plus intimes, de ses plus
insoupçonnables glissements. Je me perds dans ma pensée en
vérité comme on rêve, comme on rentre subitement dans sa
35 pensée. Je suis celui qui connaît les recoins de la perte.

Dans Antonin Artaud, *L'Ombilic des limbes*,
© Gallimard, «Poésie», 1968.

Surréalisme et psychanalyse

Breton et Aragon ont tous deux fait des études de médecine, et ont été confrontés très jeunes au problème de l'aliénation mentale. Pendant la Première Guerre mondiale, Breton est mobilisé dans un centre psychiatrique où il découvre, fasciné, les manifestations de la folie. Après avoir un moment pensé devenir psychiatre, il s'oppose fortement aux méthodes alors en vigueur dans la discipline psychiatrique. C'est ainsi que les surréalistes font paraître en 1925 une « Lettre aux médecins-chefs des asiles de fous », dans laquelle ils protestent violemment contre les internements forcés et arbitraires (l'initiative de cette lettre revient sans doute à Antonin Artaud, qui avait déjà fait de nombreux séjours dans des asiles psychiatriques). En 1928, Breton et Aragon célèbrent le cinquantenaire de l'hystérie[1], qu'ils considèrent comme « la plus grande découverte poétique de la fin du XIXᵉ siècle ». L'hystérie marque pour eux « l'irruption de l'irrationnel dans le domaine scientifique ; c'est le triomphe du sensible sur l'intelligible » (S. Alexandrian, dans *Le Surréalisme et le rêve*). Breton estime que, loin d'être un phénomène pathologique, l'hystérie est un « moyen suprême d'expression ». On retrouve ici l'idée défendue dans *L'Immaculée Conception* de Breton et Eluard (lire le texte p. 74), selon laquelle la maladie mentale possède une « valeur créatrice ».

On peut dès lors comprendre la fascination ambiguë qu'exerce la psychanalyse sur les surréalistes. Breton rencontre Freud en 1921 et reste en contact avec lui (le médecin acceptera de publier, en 1927, un article dans *La Révolution surréaliste*). Cependant, les rapports entre Freud et les surréalistes sont rapidement entravés par leurs conceptions divergentes de la folie ou, plus exactement, des frontières entre folie et non-folie : « L'absence bien connue de

---

1. *Hystérie* : découverte par le docteur Charcot (1825-1893), l'hystérie désigne un ensemble de symptômes neurologiques prenant l'apparence de troubles organiques. Le terme sera ensuite utilisé en psychiatrie.

frontières entre la non-folie et la folie ne me dispose pas à accorder une valeur différente aux perceptions et aux idées qui sont le fait de l'une ou de l'autre » (Breton, dans *Nadja*).

Le *Manifeste du surréalisme* rend néanmoins un hommage appuyé aux découvertes de Freud : « Sur la foi de ces découvertes, un courant d'opinion se dessine enfin, à la faveur duquel l'explorateur humain pourra pousser plus loin ses investigations, autorisé qu'il sera à ne plus seulement tenir compte des réalités sommaires. » La « découverte » essentielle à laquelle il est ici fait allusion est celle de l'inconscient, qui va considérablement marquer les théories et pratiques surréalistes. ■

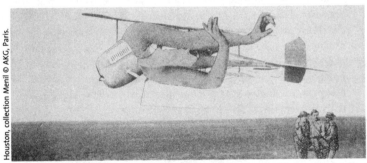

Houston, collection Menil © AKG, Paris.

■ Max Ernst réalise ses premiers collages (dont *Sans titre ou l'Avion meurtrier*) en 1920, en mêlant des photographies et des gravures anciennes. En rassemblant des éléments disparates, sans rapport les uns avec les autres, Ernst donne corps à une hallucination. Le collage lui permet de mettre en scène « une succession hallucinante d'images contradictoires, images doubles, triples et multiples, se superposant les unes aux autres avec la persistance et la rapidité qui sont le propre des souvenirs amoureux et des visions de demi-sommeil » (Ernst, dans l'article « Au-delà de la peinture », 1937). Le collage s'apparente donc au procédé d'écriture automatique, et sera à ce titre pratiqué par de nombreux membres du groupe surréaliste.

Une mystique de la femme

Les surréalistes vouent un véritable culte à la Femme, dont ils font un objet de dévotion. La femme fantasmée par les surréalistes possède bien des facettes : femme-fleur ou objet de contemplation, femme-fruit ou objet de consommation, femme affamée qui menace de dévorer son amant, femme-enfant, femme-voyante, femme-fée, et surtout femme rêvée. « Tout nous amène à penser que l'amour ne serait qu'une sorte d'incarnation des rêves corroborant l'expression usuelle qui veut que la femme aimée soit un rêve qui s'est fait chair », déclare en effet Salvador Dalí (cité dans le *Dictionnaire abrégé du surréalisme*, 1938).

Mais la femme est avant tout, chez les surréalistes, initiatrice. Elle se fait médium entre l'homme et le monde, comme le perçoit Breton à propos de Nadja : « Je suis, tout en étant près d'elle, plus près des choses qui sont près d'elle » (*Nadja*). La femme permet à l'homme divisé de se retrouver, elle lui ouvre donc les portes du surréel. À ce titre, elle est constamment célébrée dans la littérature et la peinture surréalistes.

■ Paul Eluard, « Celle de toujours, toute », *Capitale de la douleur* (1926)

Trois femmes se sont succédé dans la vie de Paul Eluard : Gala, Nusch et Dominique. Ces trois femmes sont cependant toujours la même : une femme au corps unique, éternellement glorifiée.

Le poème « Celle de toujours, toute » appartient au recueil *Capitale de la douleur* qui devait initialement s'appeler *L'Art d'être malheureux*. La femme s'y révèle comme un astre indispensable à la magie poétique. Elle met le poète « au monde » : femme à la fois tellurique et impalpable, elle révèle l'homme à l'univers.

Celle de toujours, toute

Si je vous dis : « J'ai tout abandonné »
C'est qu'elle n'est pas celle de mon corps,
Je ne m'en suis jamais vanté,
Ce n'est pas vrai
5   Et la brume de fond où je me meus
Ne sait jamais si j'ai passé.

L'éventail de sa bouche, le reflet de ses yeux,
Je suis le seul à en parler,
Je suis le seul qui soit cerné
10   Par ce miroir si nul où l'air circule à travers moi
Et l'air a un visage, un visage aimé,
Un visage aimant, ton visage,
À toi qui n'as pas de nom et que les autres ignorent,
La mer te dit : sur moi, le ciel te dit : sur moi,
15   Les astres te devinent, les nuages t'imaginent
Et le sang répandu aux meilleurs moments,
Le sang de la générosité
Te porte avec délices.
Je chante la grande joie de te chanter,
20   La grande joie de t'avoir ou de ne pas t'avoir,
La candeur de t'attendre, l'innocence de te connaître,
Ô toi qui supprimes l'oubli, l'espoir et l'ignorance,
Qui supprimes l'absence et qui me mets au monde,
Je chante pour chanter, je t'aime pour chanter
25   Le mystère où l'amour me crée et se délivre.

Tu es pure, tu es encore plus pure que moi-même.

Capitale de la douleur,
op. cit., © Gallimard.

■ André Breton, *L'Union libre* (1931)

Deux ans avant la publication du poème *L'Union libre*, la revue *La Révolution surréaliste* a lancé une grande enquête sur l'amour, en posant, entre autres, les questions suivantes : « Quelle sorte d'espoir mettez-vous dans l'amour ? Comment envisagez-vous le passage de l'idée d'amour au fait d'aimer ? Feriez-vous à l'amour le sacrifice de votre liberté ? » *L'Union libre*, avec un titre à double sens (il fait à la fois référence au procédé d'écriture utilisé – la métaphore *in praesentia* – et à la remise en cause de l'institution du mariage), constitue en quelque sorte la réponse de Breton à cette enquête.

Le poème s'adresse à la femme idéale, la femme à venir dont le corps semble rayonner sur l'ensemble de l'univers. Breton adopte la technique traditionnelle du blason[1] pour mieux servir l'image surréaliste, faite de rapprochements inattendus qui se succèdent en une longue litanie de métaphores déconcertantes.

> Ma femme à la chevelure de feu de bois
> Aux pensées d'éclairs de chaleur
> À la taille de sablier
> Ma femme à la taille de loutre entre les dents du tigre
> 5 Ma femme à la bouche de cocarde et de bouquet
> [d'étoiles de dernière grandeur
> Aux dents d'empreintes de souris blanche sur la terre blanche
> À la langue d'ambre et de verre frottés
> Ma femme à la langue d'hostie poignardée[2]

---

1. *Blason* : mot qui désigne, à partir du XVIe siècle, une pièce en vers faisant l'éloge ou le blâme d'une personne ou, plus spécifiquement, du corps féminin, comme dans les poèmes de Maurice Scève (1501-1564) ou de Louise Labé (1524-1566).
2. Le terme « hostie poignardée » fait référence à un rite maléfique, un rite de profanation du sacré (représenté dans le tableau d'Uccello, *La Profanation de l'hostie*, que Breton admirait et dont il parle dans plusieurs de ses ouvrages ; ce rite profanateur est aussi présent dans certains tableaux de Dalí). .../...

À la langue de poupée qui ouvre et ferme les yeux
10 À la langue de pierre incroyable
Ma femme aux cils de bâtons d'écriture d'enfant
Aux sourcils de bord de nid d'hirondelle
Ma femme aux tempes d'ardoise de toit de serre
Et de buée aux vitres
15 Ma femme aux épaules de champagne
Et de fontaine à têtes de dauphins sous la glace
Ma femme aux poignets d'allumettes
Ma femme aux doigts de hasard et d'as de cœur
Aux doigts de foin coupé
20 Ma femme aux aisselles de martre [1] et de fênes [2]
De nuit de la Saint-Jean
De troène [3] et de nid de scalares [4]
Aux bras d'écume de mer et d'écluse
Et de mélange du blé et du moulin
25 Ma femme aux jambes de fusée
Aux mouvements d'horlogerie et de désespoir
Ma femme aux mollets de moelle de sureau [5]
Ma femme aux pieds d'initiales
Aux pieds de trousseaux de clés aux pieds de calfats [6] qui
                                                                [boivent

---

.../... Notons aussi que, dans *Nadja*, Breton comparait déjà le baiser à la
communion eucharistique : « C'est, m'explique-t-elle, que ce baiser la laisse
sous l'impression de quelque chose de sacré, où ses dents "tenaient lieu
d'hostie". »
1. *Martre* : petit mammifère carnassier dont la fourrure est très recherchée.
2. *Fênes* : (nom féminin) fruits du hêtre.
3. *Troène* : arbuste à fleurs blanches odorantes.
4. Le sens de ce mot est inconnu : il existe un mot *scalaire* qui désigne un
poisson plat rayé de jaune et de noir, ou, si le mot est féminin, un mollusque
gastéropode à coquille côtelée.
5. *Sureau* : arbre dont le bois très léger renferme un large canal qui charrie la
moelle du sureau.
6. *Calfats* : ouvriers qui travaillent à rendre étanche le pont d'un navire.

30   Ma femme au cou d'orge imperlé[1]
      Ma femme à la gorge de Val d'or
      De rendez-vous dans le lit même du torrent
      Aux seins de nuit
      Ma femme aux seins de taupinière marine
35   Ma femme aux seins de creuset du rubis[2]
      Aux seins de spectre de la rose sous la rosée
      Ma femme au ventre de dépliement d'éventail des jours
      Au ventre de griffe géante
      Ma femme au dos d'oiseau qui fuit vertical
40   Au dos de vif-argent[3]
      Au dos de lumière
      À la nuque de pierre roulée et de craie mouillée
      Et de chute d'un verre dans lequel on vient de boire
      Ma femme aux hanches de nacelle
45   Aux hanches de lustre et de pennes de flèche
      Et de tiges de plumes de paon blanc
      De balance insensible
      Ma femme aux fesses de grès et d'amiante
      Ma femme aux fesses de dos de cygne
50   Ma femme aux fesses de printemps
      Au sexe de glaïeul
      Ma femme au sexe de placer[4] et d'ornithorynque
      Ma femme au sexe d'algue et de bonbons anciens
      Ma femme au sexe de miroir

---

1. Orge imperlé : graines d'orge (céréale) qui n'ont pas été dépouillées de leur pellicule.

2. Creuset du rubis : récipient dans lequel le rubis est chauffé à très haute température pour obtenir des cristaux plus purs. Notons que Breton utilise un grand nombre d'images minérales pour décrire le corps de la femme (« grès », « ambre », « pierre », « ardoise », etc.), qui apparaît dès lors comme un joyau précieux aux facettes multiples.

3. Vif-argent : mercure.

4. Placer : nom masculin qui désigne un gisement d'or.

55   Ma femme aux yeux pleins de larmes
       Aux yeux de panoplie violette et d'aiguille aimantée
       Ma femme aux yeux de savane
       Ma femme aux yeux d'eau pour boire en prison
       Ma femme aux yeux de bois toujours sous la hache
60   Aux yeux de niveau d'eau de niveau d'air de terre et de feu

Dans André Breton, *Clair de terre*,
© Gallimard, «Poésie», 1966.

■ René Crevel, *Êtes-vous fous?* (1929)

René Crevel (1900-1935) rencontre les surréalistes en 1922, alors qu'il prépare une thèse sur les romans de Diderot. C'est lui qui les initie à la «technique des sommeils» (création verbale sous hypnose). Il est atteint en 1925 de tuberculose et fait de nombreux séjours en sanatorium. C'est là qu'il écrit *Mon Corps et moi*, texte qui met en valeur la séparation irréconciliable du corps et de l'esprit, fissure qui conduira Crevel au suicide. «Il était né révolté comme d'autres naissent avec les yeux bleus», dira de lui Philippe Soupault.

Son roman *Êtes-vous fous?*, tout en traitant les angoisses propres à Crevel, est néanmoins empreint d'une gaieté débridée qui se manifeste dans la fantaisie délirante de l'intrigue. Le héros, Vagualame, va consulter une voyante qui lui prédit qu'il se mariera avec une femme rousse qui accouchera d'un enfant bleu, puis qu'il rencontrera Yolande, femme mystérieuse et débauchée. La plupart des prédictions se réalisent, et Vagualame finit par faire la connaissance de Yolande qui lui tient un étrange discours, dont nous citons un extrait ci-dessous. Crevel s'amuse à détourner la mystique de la femme surréaliste : la femme-mystère qui se livre ici à une logorrhée abracadabrante n'est autre qu'un... cadavre.

Ceci dit, puisque vous vous estimez un homme fort, monsieur, tenez-vous des deux mains à votre tabouret, car, à vous enfin, je vais tout confesser. Oubliez l'épave que j'arrachai au brouillard de la rue des Paupières-Rouges. Redevenez celui de jadis, le naviga-
5 teur du sous-marin de cristal à pavois d'orgueil. Retrouvez ce bateau qui blessait les rochers. Il était à votre taille et sa transparence, sur mesure, ne craignait ni les poissons-torpilles, ni les requins à dents de scie. Bien couché tout au long de la cale, à nouveau, explorez les abîmes. Les raies donnant de leurs gueules
10 mauves contre le navire, pour elles, invisible, feront à vos rêves une couronne d'orchidées, froides comme les mains que l'altière Yolande daigne nouer autour de votre front. Fermez les yeux, Vagualame. Des profondeurs monte une voix. La voix de Yolande. Et Yolande, c'est la femme-mystère. D'elle vous ne savez
15 qu'un prénom. Or, un prénom jamais n'a suffi à expliquer une femme. Tout à l'heure, rue des Paupières-Rouges, vous avez vu, de loin, venir Mimi et ses jumeaux[1]. Mais Yolande, elle, comment a-t-elle jailli du trottoir ?...

– Jailli du trottoir ? répète Vagualame.
20 ... Jailli comme jaillit l'iris que ses adorateurs, cent fois, que dis-je ? mille fois, des milliers et des milliers de fois, lui ont dit qu'elle était. Iris. Elle ne s'habille que de tulle noir.

Et elle explique :

Mes joues, mes lèvres, tout mon visage, mon cou, mes bras
25 sont blancs, blancs, blancs ; et blanche toute ma personne, plus que blanche, incolore, exsangue, sous le maquillage et la robe dont je les ai revêtus. De couleur authentique il n'y a que le gris pierre des yeux. Ma peau est lisse comme celle des plantes. Et sans chaleur aussi.
30 Vous voulez vous rendre compte ? Touchez des doigts, des lèvres. On vous permet tous les contacts. Approchez. Viens, mon

---

1. Mimi Patata est l'amie de Yolande, elle ne se déplace jamais sans ses deux amants jumeaux.

chéri. Profite de l'occasion. Tu ne rencontreras pas à tous les coins une morte qui parle et qui remue. Je t'ai promis la vérité. Je viens de te la dire. Je suis une morte. Et pas le seul être incroyable
35 de la maison. Suis-moi, je vais te présenter au fakir, au taureau d'appartement, au rat qui pèse cinquante kilos.

Êtes-vous fous ?,
© Gallimard, «L'Imaginaire», 1981.

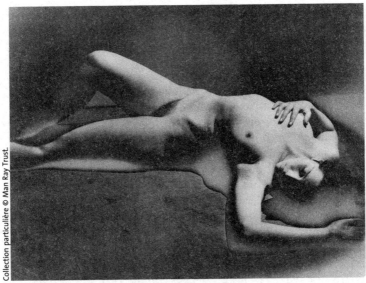

Collection particulière © Man Ray Trust.

■ Dans *Primat de la matière sur la pensée* (1932), Man Ray utilise une technique dite de «solarisation» : le négatif en cours de développement est réexposé, de sorte que les blancs virent au gris et sont entourés d'un cerne plus clair. Les objets semblent alors émerger d'une sorte de halo qui leur donne un aspect fantomatique : ici, le corps de la femme, tout entier auréolé, paraît se liquéfier. Le procédé de solarisation, parce qu'il permet de découvrir une réalité magique au-delà de la réalité manifeste, s'inscrit admirablement dans les visées poétiques du surréalisme.

Les femmes (des) surréalistes

La place de la femme au sein du surréalisme pose problème : faut-il parler de la « Femme surréaliste », telle qu'elle est considérée par les hommes du mouvement, et qui est à la fois voyante, sirène, mante religieuse, muse et femme-enfant ? Faut-il évoquer les rares « femmes surréalistes », écrivains ou peintres, qui ont participé au mouvement, comme Leonora Carrington, Gisèle Prassinos* et Frida Kahlo*, pour ne citer que les plus connues ? Ou bien doit-on se pencher sur les « femmes des surréalistes », telles Gala*, qui fut l'épouse d'Eluard puis de Dalí, ou Elsa Triolet*, à qui Aragon voue un culte à la fois littéraire et amoureux ?

Cette tripartition révèle l'ambiguïté du rôle confié à la femme dans le mouvement surréaliste qui est avant tout, qu'il le veuille ou non, une affaire d'hommes. Il est vrai que Breton lance plusieurs appels à l'égalité des sexes, comme dans cette déclaration prononcée en août 1944 : « Il est temps de se prononcer en art sans équivoque contre l'homme et pour la femme, de déchoir l'homme d'un pouvoir dont il est suffisamment établi qu'il a mésusé, pour remettre ce pouvoir entre les mains de la femme, de débouter l'homme de toutes ses instances tant que la femme ne sera pas parvenue à reprendre de ce pouvoir sa part équitable et cela non plus seulement dans l'art mais dans la vie. »

Néanmoins, certains voient dans le surréalisme « un phallocratisme caché sous les feux ruisselants du culte de la Femme ». C'est le cas de Xavière Gauthier, qui, dans son essai *Surréalisme et sexualité* (Gallimard, 1971), souligne l'échec du surréalisme : « En exaltant l'amour fou, dernière forme de l'amour courtois, les surréalistes idéalisent la femme, à la fois [...] objet de contemplation et objet de consommation. » Cette idéalisation marque selon elle l'impossibilité de la libération de la femme tant sur le plan artistique que social. ■

L'amour fou

« C'est toute la conception moderne de l'amour qui serait à reprendre », déclare Breton dans *L'Amour fou* (1937). Les surréalistes s'attellent à cette tâche et redonnent à l'amour sa vraie place, celle d'un pôle magnétique, d'un révélateur. L'amour fou, libre, ou réciproque, selon les qualificatifs qui lui sont accolés, permet la libération du désir et de l'inconscient. À une époque où la morale est encore très puritaine, le surréalisme prône la libération de l'érotisme : c'est ainsi que le marquis de Sade est par eux réhabilité, parce qu'il a « voulu délivrer l'imagination amoureuse de ses propres objets » (Eluard, dans le *Dictionnaire abrégé du surréalisme*).

Il ne s'agit cependant pas de libertinage ou de libération totale (certains tabous demeurent présents chez les surréalistes : l'homosexualité, en particulier, est condamnée par Breton[1], et fait l'objet de débats passionnés au sein du groupe), mais d'un amour exclusif, unique, sans être pour cela nécessairement monogame. L'amour fou permet d'atteindre une surréalité, un « âge d'or » (le premier film surréaliste dédié à l'amour libre porte ce titre – lire le dossier p. 101-103) dégagé d'une morale chrétienne qui jusque-là l'étouffait.

■ André Breton, *Arcane 17* (1944)

Arcane 17, texte écrit après un voyage en Gaspésie (la côte canadienne), est le livre de l'amour pour Élisa, nouvelle femme de Breton. C'est aussi le livre de l'avancée vers la lumière, à la fin d'une sombre

---

1. La position de Breton sur l'homosexualité est pour le moins ambiguë ; s'il la condamne au point de vue moral, il l'accepte chez son ami René Crevel (seul homosexuel reconnu du groupe surréaliste) et la légitime chez Sade : « Tout est permis par définition à un homme comme le marquis de Sade, pour qui la liberté de mœurs a été une question de vie ou de mort » (« Recherches sur la sexualité », dans *La Révolution surréaliste*, nº 11).

guerre. Le récit est ainsi parcouru par l'image de la résurrection (notamment par le biais du mythe d'Osiris[1]), résurrection qui garantit la renaissance de la femme, de l'amour, et de la liberté.

L'extrait que nous citons ci-dessous constitue une pause dans le récit, une sorte de défense passionnée de l'amour fou, nécessairement conditionné par une « entrée en transe ».

Cet « état de grâce », selon qu'au départ on choisit de tendre vers lui par la piste accidentée et périlleuse qui est la sienne ou qu'à celle-ci l'on préfère – sans se demander où ils mènent – les chemins agréablement ombragés, reste en effet le grand diviseur
5 et le grand répartisseur des chances humaines. De ceux qui, une fois pour toutes, ont misé sur lui ou non sur lui, il ne tolère pas qu'ils se reprennent. « L'amour, dit Michelet[2], est chose très haute et très noble dans la femme ; elle y met sa vie pour enjeu. » Rien ne saura longtemps unir de compréhension
10 mutuelle l'homme qui met dans l'amour ce même enjeu et celui qui objecte à le risquer. Cet état de grâce, je dis aujourd'hui en toute assurance qu'il résulte de la conciliation en un seul être de tout ce qui peut être attendu du dehors et du dedans, qu'il existe de l'instant unique où dans l'acte de l'amour l'exaltation à son
15 comble des plaisirs des sens ne se distingue plus de la réalisation fulgurante de toutes les aspirations de l'esprit. Tout ce qui reste en deçà ne peut en rien se prévaloir du nom d'amour mais bien relève de la pire complaisance envers ce que nous, surréalistes,

---

1. Selon la mythologie égyptienne, Osiris est enfermé dans un coffre jeté aux courants du Nil. Isis, sa femme, et Nephtys, sa sœur, retrouvent le corps d'Osiris et lui redonnent vie brièvement (le temps d'une union charnelle dont naîtra Horus). Le mythe d'Osiris est donc un mythe de la résurrection, de la renaissance du corps sous une autre forme.
2. *Jules Michelet* (1798-1874) : écrivain et historien qui a publié une monumentale *Histoire de France* entre 1833 et 1844. Il a aussi produit des ouvrages plus poétiques et moins historiques, tels *L'Amour* (1859) ou *La Femme* (1860).

nous sommes donné pour tâche de combattre, témoigne par
20 avance d'une démission spirituelle dont les autres aspects ne
sauraient tarder à se manifester. Je dis que cette cause de la
réconciliation de la perception physique et de la représentation
mentale est une et qu'il ne peut être question de marchander,
dans le domaine de l'amour, ce qu'on est prêt à accorder dans le
25 domaine de l'expression. Dans la mesure où le surréalisme ne se
fait pas faute de juger sans aménité la poésie ou la peinture qui
continue, de nos jours, à en appeler au seul ressort sensoriel ou
intellectuel, il se doit dans son sein même de ne pas se montrer
moins sévère pour cette sorte de frivolité irréparable. La
30 démarche surréaliste ne peut qu'être la même dans les deux cas.
L'acte de l'amour, au même titre que le tableau ou le poème, se
disqualifie si de la part de celui qui s'y livre il ne suppose pas
l'entrée en transe.

L'éternité est là, comme nulle part ailleurs, appréhendée dans
35 l'instant même. Le tremblant miroir lunaire reparaît au front de la
nuit couronné d'épis et de tubéreuses, illuminant seuls le visage et
un sein divins que conjuguent au vent d'été les tourbillonnantes
volutes des boucles blondes ou bleues. L'ibis, le chacal, le vau-
tour et le serpent, assistés de Nephtys [1], n'attendent plus qu'un
40 signe. Le secret impérissable s'inscrit une fois de plus sur le sable.

Arcane 17, « 10-18 », 1965,
© Pauvert, 1961 – Fayard, 2000.

■ Benjamin Péret, *Anthologie de l'amour sublime* (1956)

Benjamin Péret (1899-1959) est un des piliers du mouvement
surréaliste et restera toujours fidèle à Breton. Il rejoint l'équipe de la
revue *Littérature* en 1920. Militant libertaire, trotskiste, il fait preuve

---

1. *Nephtys* : déesse égyptienne et sœur d'Osiris.

d'une agressivité extrême contre l'armée, l'Église et les institutions, comme en témoignent les titres de ses pamphlets, *Mort aux vaches et au champ d'honneur* (écrit en 1923, ce texte ne sera publié qu'en 1953) ou *Je ne mange pas de ce pain-là* (1936). Il part combattre en Espagne pendant la guerre civile, puis est emprisonné en 1940 à cause de ses engagements politiques. Libéré peu après, il se réfugie au Mexique où il vit pendant plusieurs années.

L'œuvre de Péret ne se cantonne pas aux pamphlets : il s'est aussi consacré à la poésie (*Le Grand Jeu*, publié en 1928) et à l'essai. *L'Anthologie de l'amour sublime* tente de donner un aperçu exhaustif de la représentation de l'amour dans la société occidentale. Les textes réunis rassemblent des auteurs variés, allant d'Apollonios de Rhodes à Léo Ferré, en passant par Shakespeare, Madame de La Fayette, Stendhal, Nerval et Breton. Dans son introduction intitulée « Le noyau de la comète », Péret met en valeur le rôle joué par le surréalisme, et en particulier par Breton, dans le renouvellement de la conception de l'amour.

L'amour répond, chez l'être humain, à un impérieux besoin de bonheur reconnu depuis des siècles, que l'homme a tenté de satisfaire par la religion. Celle-ci devenue inopérante, son assou-vissement a été recherché, avec une ténacité toute particulière
5 depuis le début du siècle dernier, sur le terrain humain, hors duquel aucune solution ne peut être envisagée. À notre époque, le surréalisme seul a repris à son compte la revendication roman-tique avec une nouvelle vigueur, sans se dissimuler les entraves que le monde oppose à sa satisfaction. Plus que tout autre, André
10 Breton a reconnu dans l'amour le centre explosif de la vie humaine qui a le pouvoir de l'illuminer ou de l'enténébrer, le point de départ et d'arrivée de tout désir, en un mot l'unique justification de la vie. La révolte surréaliste est née en grande partie des conditions imposées à l'amour par le monde et par
15 l'homme et s'y est sans cesse alimentée, tandis qu'elle s'amplifiait et gagnait d'autres domaines. Cependant, si les romantiques

reconnaissaient implicitement la fusion du cœur, de l'esprit et de la chair dans l'amour sublime, souvent celle-ci gardait encore trace de l'indignité dont le christianisme l'avait affublée. La
20 réhabilitation de la chair reconnue dans toute sa splendeur et sans laquelle la notion même d'amour sublime s'évanouit, est justement une des grandes tâches que le surréalisme s'est assignée dans ce domaine. Ainsi, le fantôme grimaçant du péché s'est dissous à la lumière du jour éclairé par la beauté de la
25 femme.

Anthologie de l'amour sublime,
© Albin Michel, 1956.

DOSSIER

■ Breton et Tanguy, *Cadavres exquis*.

Le « cadavre exquis », jeu collectif qui peut se pratiquer sous des formes poétiques ou picturales, est l'activité surréaliste par excellence. Breton dira à ce propos : « Ce qui nous a *exaltés* dans ces productions, c'est la certitude que, vaille que vaille, elles portent la marque de ce qui ne peut être engendré par un seul cerveau et qu'elles sont douées, à un beaucoup plus haut degré, du pouvoir de *dérive* dont la poésie ne saurait faire trop de cas. Avec le cadavre exquis, on a disposé – enfin – d'un moyen infaillible de mettre l'esprit critique en vacance et de pleinement libérer l'activité métaphorique de l'esprit. »

Les jeux surréalistes

La dimension collective du surréalisme se manifeste notamment dans la pratique du jeu sous toutes ses formes (échecs, déguisements, jeux de carte, etc.). Les surréalistes ont adopté de nombreux jeux déjà existants, et en ont aussi inventé, comme ceux que nous exposons ci-dessous[1]. « C'était à qui trouverait plus de charme, plus d'unité, plus d'audace à cette poésie déterminée collectivement [...]. Nous jouions avec les images et il n'y avait pas de perdants. Chacun voulait que son voisin gagnât et toujours davantage pour tout donner à son voisin... » (Paul Eluard, dans *Donner à voir*, 1939).

Dans son article « Le demain joueur », Maurice Blanchot[2] explique ainsi la fascination surréaliste pour le jeu : « Le jeu est la provocation par où l'inconnu, se laissant prendre au jeu, peut entrer en rapport. On joue avec l'inconnu, c'est-à-dire avec l'inconnu comme enjeu. » Le jeu permet donc l'exploration des possibilités du langage et contribue au déchiffrement du monde.

Le jeu du cadavre exquis

Ce jeu est défini dans le *Dictionnaire abrégé du surréalisme* (Breton et Eluard, 1938) comme le « jeu qui consiste à faire composer une phrase, ou un dessin, par plusieurs personnes sans qu'aucune d'elles puisse tenir compte de la collaboration ou des collaborations précédentes. Ce jeu tire son nom de la première phrase obtenue de cette manière : Le cadavre – exquis – boira – le vin – nouveau. » Nous citons ici quelques cadavres exquis composés en 1931 :

Lautréamont couché de tout son long mais barbelé ne craint ni n'enlève les symboles dictatoriaux.

---

1. Ces jeux sont extraits des *Archives du surréalisme*, t. V, présenté et annoté par Emmanuel Garrigues, Gallimard, 1995.
2. *Maurice Blanchot* (1907-2003) : essayiste et romancier français, il s'est intéressé aux écrits de Lautréamont, Sade, Mallarmé, Kafka.

La topaze vengée mangera de baisers le paralytique de Rome.

La lumière toute noire pond jour et nuit la suspension impuissante à faire le bien.

Le jeu des définitions

Il se joue à deux. Le premier joueur écrit sur une feuille une question commençant par « Qu'est-ce que... ? », et le second, sans connaître la question posée par le premier, note sur une feuille la réponse à la question posée en secret. Il en résulte un choc, une confrontation inattendue de deux images. Ce jeu est repris et parodié par Aragon dans le poème « Une fois pour toutes » (lire le texte p. 58). Nous citons en exemple un jeu composé par Suzanne Muzard [1] et André Breton en 1928 :

B. Qu'est-ce que le baiser ?
S. Une divagation, tout chavire.

S. Qu'est-ce que le jour ?
B. Une femme qui se baigne nue à la tombée de la nuit.

B. Qu'est-ce que la liberté ?
S. Une multitude de petits points multicolores dans les paupières.

Le jeu de l'un dans l'autre

Ce jeu est inventé par Breton et Péret en 1954. Il s'agit d'un jeu de devinette qui permet d'explorer les mécanismes de la métaphore et de l'analogie. Il repose en effet sur le postulat qui veut que n'importe quel objet est contenu dans n'importe quel autre : la démarche surréaliste consiste à mettre en valeur ces rapports d'analogie entre les objets, et à créer ainsi des images poétiques sans précédent.

---

1. *Suzanne Muzard* : maîtresse de Breton à la fin des années 1920. Breton fait allusion à cette « passagère insoumise » dans *L'Amour fou* et *Les Vases communicants*.

1. Je suis un SAC À MAIN, de très petites dimensions, qui peut contenir toutes les formes géométriques. Je suis transporté, colorié ou fumé. Je n'intéresse pas du tout les adultes. On ne m'utilise que par les beaux jours [1] (Man Ray).

2. Je suis un SANGLIER de très petites dimensions qui vit dans un taillis métallique d'aspect très brillant, entouré de frondaisons plus ou moins automnales. Je suis d'autant plus redoutable que la dentition m'est extérieure : elle est faite de millions de dents prêtes à fondre sur moi [2] (André Breton).

Le jeu des syllogismes

Ce jeu se joue à trois joueurs. Il repose sur la subversion du syllogisme traditionnel, énoncé constitué d'une suite de trois propositions (la majeure, la mineure et la conclusion) formant un raisonnement déductif rigoureux sur le modèle : « Tous les hommes sont mortels (majeure). Or Socrate est un homme (mineure). Donc Socrate est mortel (conclusion). »
Le premier écrit sur une feuille une affirmation commençant par « Tous... », puis plie le papier afin de cacher la phrase au second joueur, qui note, à son tour, une affirmation commençant par « Or... ». Le papier est de nouveau plié, et le troisième joueur conclut le syllogisme en écrivant une phrase commençant par « Donc... ». Nous citons ici deux syllogismes composés en 1952 :

La nuit, tous les chats sont gris.
Or le vampire n'a qu'un vol limité.
Donc le progrès est un mythe.

Tout téléphone est un miroir.
Or tous les pigeons volent.
Donc une gifle gantera votre main.

---

1. La réponse est « Je suis une bille ».
2. La réponse est « Je suis une barre de chocolat ».

■ Pour Breton, *L'Âge d'or* (film de Luis Buñuel, sur un scénario écrit en collaboration avec Salvador Dalí) est « une entreprise d'exaltation de l'amour total ». Les deux héros (incarnés à l'écran par Lya Lys – ci-dessus – et Gaston Modot) transgressent, en s'aimant, les règles imposées par la société bourgeoise et la religion. L'histoire d'amour est prétexte à une charge violente contre les bons sentiments, les valeurs familiales et religieuses, le patriotisme et l'humanitarisme. Présenté à Paris en 1930, le film déclenche la colère de l'extrême droite, qui y voit une apologie du blasphème et de la pornographie. La police saisit le film, qui demeurera censuré jusqu'en 1980.

Le surréalisme et le cinéma

Les surréalistes et le septième art

Il est difficile de parler d'un « cinéma surréaliste » qui, dans les faits, est à peine existant. On peut en revanche remarquer que cet art qui naît à peu près en même temps que le surréalisme suscite une fascination extraordinaire chez Breton et ses comparses. Ils se passionnent pour les premiers feuilletons cinématographiques, notamment ceux de Louis Feuillade [1] : *Fantômas* (1914) puis *Les Vampires* (1915-1916), préfigurent, selon eux, « les grands élans du surréalisme de la révolte à l'amour fou ». Après les ciné-feuilletons, les surréalistes découvrent le cinéma soviétique (Eisenstein [2]), le cinéma expressionniste allemand (Murnau [3]), les films de Charlie Chaplin, etc. Leur enthousiasme s'amenuise cependant avec l'avènement du cinéma parlant, en 1929.

Pour les surréalistes, le cinéma muet est conforme à la projection d'un rêve collectif : Desnos le considère comme un « opium parfait », Breton célèbre son « pouvoir de dépaysement », et Soupault sa « puissance formidable ». Certains d'entre eux tentent même d'écrire pour le cinéma, comme Desnos avec *Minuit à quatorze heures*, ou Artaud avec *La Coquille et le clergyman*. Le poète surréaliste est cependant souvent impuissant face aux problèmes techniques que pose ce nouvel art, ce qui limite drastiquement la production cinématographique surréaliste.

---

1. *Louis Feuillade* (1873-1925) : cinéaste français qui, en vingt ans, a tourné plus de 800 films (la plupart sont des courts métrages). Il a contribué à orienter le cinéma vers une plus grande simplicité et lui a donné une dimension poétique et fantastique qui a ravi les surréalistes.

2. *Sergueï Eisenstein* (1898-1948) : cinéaste soviétique qui mit son génie au service de l'idéologie marxiste. Ses films les plus connus sont *Le Cuirassé Potemkine* (1925), *Octobre* (1927), *Alexandre Nevski* (1939) et *Ivan le Terrible* (1945-1946).

3. *F.W. Murnau* (1889-1931) : cinéaste américain d'origine allemande, il fut l'un des maîtres de l'expressionnisme allemand avec *Nosferatu le vampire* (1922), avant d'émigrer en Amérique où il continua à réaliser des films.

Seul Luis Buñuel, cinéaste espagnol installé à Paris, semble incarner le surréalisme au cinéma. *Un chien andalou* (1928) et *L'Âge d'or* (1930) sont en effet les films surréalistes par excellence, peut-être les seuls. Buñuel l'avait bien perçu, qui déclara : « *Un chien andalou* n'existerait pas si le surréalisme n'existait pas. » On comprend donc l'attachement passionnel des surréalistes à ces deux films.

L'affaire de *L'Âge d'or*

En novembre 1930, *L'Âge d'or*, réalisé par Luis Buñuel sur un scénario de Salvador Dalí, est présenté au studio des Ursulines à Paris. Le film, qui tourne en dérision toutes les valeurs morales et religieuses, provoque un scandale. La Ligue des patriotes et la Ligue antijuive prennent la salle d'assaut et saccagent l'écran et les fauteuils. À la suite de cet événement, le film est interdit (l'interdiction ne sera levée qu'en 1980 !). Pour répondre à cette censure et défendre le film, les surréalistes font paraître en 1931 un manifeste dont nous citons ici un extrait :

Projeté à un moment où les banques sautent, où les révoltes éclatent, où les canons commencent à sortir de l'arsenal, *L'Âge d'or* devrait être vu de tous ceux que n'inquiètent pas encore les nouvelles que la censure laisse imprimer dans les journaux. C'est un complément moral indispensable aux alarmes boursières, dont l'effet sera très direct, justement à cause de son caractère surréaliste. Il n'y a pas, en effet, d'affabulation dans la réalité. Les premières pierres se posent, les convenances prennent figure de dogme, les flics cognent comme il se fait tous les jours, comme tous les jours aussi, différents accidents se produisent au sein même de la société bourgeoise, accueillis par la complète indifférence. Ces accidents à propos desquels on remarquera que dans le film de Buñuel, ils apparaissent philosophiquement purs, affaiblissent la capacité de résistance d'une société en putréfaction, qui essaie de se survivre en utilisant les prêtres et les policiers comme seuls matériaux de soutien. Le pessimisme final issu du sein même de la classe dirigeante par la désintégration de son optimisme, devient à son tour une puissante force de décomposition de cette classe, prend la valeur d'une négation, en s'affirmant aussitôt dans l'action anti-religieuse, donc révolutionnaire puisque *la lutte contre la religion est aussi la lutte contre le monde*. Le passage du pessimisme de l'état à l'action est déterminé par l'Amour, principe du mal dans la démonologie bourgeoise, qui demande qu'on lui sacrifie tout : situation, famille, honneur, mais dont l'échec dans l'organisation sociale introduit le sentiment de révolte. Un processus semblable peut s'observer dans la vie et l'œuvre du marquis de Sade, contemporain de *L'Âge d'or* et de la monarchie absolue, interrompues par l'implacable répression physique et morale de la bourgeoisie triomphante. Ce n'est donc pas par hasard que le film sacrilège de Buñuel est un écho des blasphèmes hurlés par le divin marquis à travers les grilles de ses prisons. Il reste évidemment à montrer le devenir de ce pessimisme dans la lutte et dans le triomphe du prolétariat qui est la décomposition de la société en tant que classe particulière. À l'époque de la «prospérité», la valeur d'usage sociale de *L'Âge d'or* doit s'établir par la satisfaction du besoin de destruction des opprimés et peut-être aussi par la flatterie des tendances masochistes des oppresseurs. En dépit de toutes les menaces d'étouffement, ce film servira très utilement, pensons-nous, à crever des cieux toujours moins beaux que ceux qu'il nous montre dans un miroir.

Maxime Alexandre, Aragon, André Breton, René Char,
René Crevel, Salvador Dalí, Paul Eluard, Benjamin Péret,
Georges Sadoul *, André Thirion, Tristan Tzara,
Pierre Unik *, Albert Valentin.
dans Maurice Nadeau, *Histoire du surréalisme, op. cit.*,
© Le Seuil.

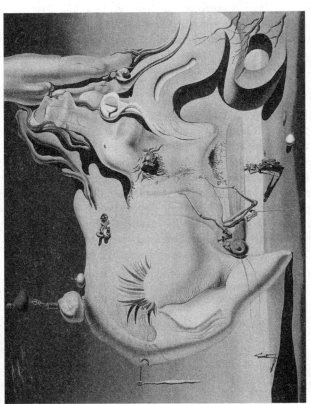

Dalí, *Le Grand Masturbateur*, Museo nacional centro de arte reina Sofí © ADAGP, Paris, 2002

■ Cette toile, peinte en 1929 à Figueras, représente un rocher du cap Creus que Dalí avait surnommé « le grand masturbateur ». C'est le plus connu des « monuments mous » du peintre : doté d'un visage humain et d'un corps inquiétant, le rocher acquiert une dimension mythique. Dalí déclara ainsi à son propos : « En le peignant j'ai cherché à l'apprivoiser ; je n'ai fait qu'exalter son image et le rendre mythique, et son personnage doit errer maintenant au fond des mémoires oniriques depuis que je l'ai lancé à la dérive... »

Le surréalisme et la peinture

« Cette obsession de la peinture » (Aragon)

Breton, au début des années 1920, manque cruellement d'argent et se voit dans l'obligation d'accepter de travailler pour Jacques Doucet [1], riche mécène qui l'engage à le conseiller dans ses achats de tableaux et de manuscrits. Les choix de Breton sont extrêmement révélateurs de son intuition esthétique : *Les Demoiselles d'Avignon* de Picasso, *La Charmeuse de serpents* du Douanier Rousseau, des œuvres de Picabia, Duchamp, Ernst, Masson, Miró *, etc.

La peinture fait en effet l'objet, pour Breton et ses amis surréalistes, d'un intérêt qui va jusqu'à l'obsession. Ils revendiquent ainsi comme « précurseurs » du surréalisme bon nombre de peintres du passé, tels Bosch, Goya, Odilon Redon, Arcimboldo, etc. Parallèlement, ils découvrent avec enthousiasme le cubisme, en grande partie grâce à Apollinaire qui défend des peintres comme Picasso, Derain, Braque, De Chirico, Picabia, Duchamp, mais aussi Chagall, le Douanier Rousseau, etc. Duchamp est ainsi invoqué par Desnos dans les jeux de mots de *Rrose Sélavy* (lire le texte p. 51), et Breton célèbre Picabia et De Chirico dans plusieurs articles (*Les Pas perdus*).

Y a-t-il une « peinture surréaliste » ?

« Il n'y a pas, il ne peut pas y avoir de peinture identifiable et classable selon ses thèmes ou sa facture. Mais il y eut, il y a encore, des surréalistes qui s'expriment de préférence par la peinture – ou tout autre moyen plastique » (Philippe Audoin, *Les Surréalistes*, 1973). La question de l'existence d'une « peinture surréaliste » a été

---

1. *Jacques Doucet* (1853-1929) : couturier à succès qui se fit mécène de l'art moderne à partir de 1920. Il engagea Breton en 1920, puis Aragon en 1922 pour qu'ils lui constituent une collection d'art et une bibliothèque (celle-ci est désormais répartie entre l'Institut d'art et d'archéologie et la bibliothèque Sainte-Geneviève à Paris). L'affaire Anatole France (1924) consacra la rupture des surréalistes avec leur employeur, qui trouvait leur texte inadmissible.

soulevée par les surréalistes eux-mêmes, sans qu'ils y apportent de véritable réponse. Dans *Le Surréalisme et la peinture* (1928), Breton commente les œuvres de divers peintres qui se rapprochent de la pensée surréaliste, sans nécessairement avoir appartenu au mouvement à proprement parler. Aux précurseurs contemporains comme Picasso, Braque, De Chirico, Picabia, Ernst, Man Ray, Masson, viennent se joindre les nouveaux venus : Miró, Tanguy*, Arp, puis Dalí, Magritte, Paalen*, Brauner*, Matta*, Delvaux*, Bellmer* et bien d'autres.

Ceux-ci tentent de transposer les procédés d'écriture surréalistes en peinture. L'automatisme se retrouve ainsi dans les « dessins automatiques » de Masson, et dans la technique du frottage [1] inventée par Max Ernst. Les recherches sur les métaphores et les analogies se retrouvent dans les collages qui permettent les rapprochements inattendus souhaités par les surréalistes (Max Ernst effectue des « romans-collages », comme *La Femme 100 têtes*). Enfin, Dalí met au point une méthode qualifiée de « paranoïa-critique », qui permet d'exposer au grand jour les fantasmes du peintre. Dalí n'invente rien, mais reprend la volonté surréaliste de traduire les productions de l'inconscient, du rêve et du désir. Car comme le note Breton dans « Perspective cavalière » (in *La Brèche*, n° 5, octobre 1963) : « Le surréalisme est parti, en peinture, de la conviction que l'apparition de facteurs entièrement nouveaux dans la vie psychique et aussi le perfectionnement de certaines techniques modernes, rendaient caduque l'ambition de reproduire ce qui tombe sous la vue. »

Max Ernst vu par André Breton

Dans le texte suivant, extrait du *Surréalisme et la peinture* (1928, pour la première version), Breton célèbre le talent de Max Ernst qui, selon lui, incarne plus que tout autre la démarche surréaliste en peinture :

---

1. La technique du frottage est inventée par Max Ernst en 1925 : il s'agit de poser le papier sur le sol et de le frotter à la mine de plomb. Le peintre obtient ainsi des formes et des reliefs inattendus. Le frottage est un équivalent, dans le domaine plastique, de l'écriture automatique.

Au début de 1925, plusieurs mois après la publication du *Manifeste du surréalisme* et plusieurs années après celle des premiers textes surréalistes (*Les Champs magnétiques* ont commencé à paraître dans *Littérature* en 1919), on discute encore de la possibilité pour la peinture de satisfaire aux exigences surréalistes. Alors que certains nient qu'une peinture surréaliste puisse être, d'autres inclinent à penser qu'elle se trouve en puissance dans certaines œuvres récentes ou même qu'elle existe déjà. Indépendamment de ce qu'elle peut devoir, à ce moment, dans la direction du rêve à De Chirico, dans celle de l'acceptation du hasard à Duchamp, à Arp et au Man Ray des rayogrammes [1] photographiques, dans celle de l'automatisme (partiel) à Klee, il est aisé de reconnaître à distance qu'elle est alors en plein essor dans l'œuvre de Max Ernst. En effet, le surréalisme a d'emblée trouvé son compte dans les *collages* de 1920, dans lesquels se traduit une proposition d'organisation visuelle absolument vierge, mais correspondant à ce qui a été voulu en poésie par Lautréamont et Rimbaud. Je me souviens de l'émotion, d'une qualité inéprouvée par la suite, qui nous saisit, Tzara, Aragon, Soupault et moi, à leur découverte – de Cologne ils arrivaient à l'instant même chez Picabia où nous nous trouvions. L'objet extérieur avait rompu avec son champ habituel, ses parties constituantes s'étaient en quelque sorte émancipées de lui-même, de manière à entretenir avec d'autres éléments des rapports entièrement nouveaux, échappant au principe de réalité mais n'en tirant pas moins à conséquence sur le plan réel (bouleversement de la notion de relation). Guidé par l'immense lueur qu'ainsi il a été le premier à faire apparaître, Max Ernst a dans ses premières toiles accepté de courir la grande aventure : chacune d'elles dépend au minimum de l'autre, l'ensemble répondant à la même conception que les poèmes écrits par Apollinaire de 1913 à la guerre,

---

1. *Rayogrammes* : il s'agit d'un procédé de photographie « automatique » sans appareil, découvert par Man Ray en 1921. Le papier photographique est recouvert d'objets qui fonctionnent comme autant de « caches » : les objets acquièrent ainsi, en négatif, une présence fantomatique déconcertante.

dont chacun présente une valeur d'*événement*. Lorsque, par la suite, lui sont venues des certitudes quant au sens profond de sa démarche et à ses moyens de réalisation, Max Ernst ne s'est pas pour cela départi du besoin impérieux, comme l'a voulu Baudelaire, de sans cesse «trouver du nouveau». Son œuvre, d'une force toujours accrue au cours de ces vingt dernières années, est, sous l'angle de cette volonté, sans équivalent.

Le Surréalisme et la peinture, © Gallimard, 1979.

Pour en savoir plus
et approfondir sa lecture

Sarane Alexandrian, *Le Surréalisme et le rêve*, Gallimard, 1974.

Véronique Bartoli-Anglard, *Le Surréalisme*, Nathan, 1989.

Henri Béhar et Michel Carassou, *Le Surréalisme*, Le Livre de poche, «Biblio-essais», 1992.

André Breton, *Entretiens*, Gallimard, «Idées», 1969.

Jean-Paul Clébert, *Dictionnaire du surréalisme*, Le Seuil, 1996.

Maurice Nadeau, *Histoire du surréalisme*, Le Seuil, «Points», 1970.

Jean-Luc Rispail, *Les Surréalistes. Une génération entre le rêve et l'action*, Gallimard, «Découvertes», 1991.

Les principales figures du surréalisme

ARAGON, Louis (1897-1982) : il rencontre Breton en 1917, à l'hôpital du Val-de-Grâce où tous deux sont affectés en tant que médecins-auxiliaires. Il se lance avec ardeur dans l'aventure de la revue *Littérature*, avec Breton, Eluard et Soupault. Il personnifie mieux que tout autre le dandysme de la révolte (il est surnommé par les surréalistes « L'homme aux 2000 cravates »). Pour lui, l'engagement politique est essentiel, ce qui le conduit à rompre avec le groupe surréaliste en 1932. Dès lors, Aragon prônera dans ses romans le réalisme socialiste *(Les Communistes*, 1949-1951), tout en continuant à chanter dans ses poèmes son amour pour Elsa (*Cantique à Elsa* et *Les Yeux d'Elsa*, 1942). Lire p. 35, p. 39 et p. 58.

ARP, Hans (1887-1966) : Franco-Allemand né à Strasbourg, il séjourne à Paris, Strasbourg, Weimar et Zurich. Réfugié en Suisse pour échapper à la Première Guerre mondiale, il rencontre Tristan Tzara et participe aux activités Dada. Avec Max Ernst, il fabrique des collages et des reliefs (*Fleur-marteau*, 1917) ; il illustre des textes de Tzara, collabore aux revues Dada où il publie des poèmes. Il s'installe à Paris en 1925 et fait partie du groupe surréaliste entre 1926 et 1930, où il maintient en vie l'esprit Dada. Il sera exposé dans toutes les grandes expositions surréalistes. À partir des années 1930, il publie des poèmes en français : *Des taches dans le vide* et *Sciure de gamine* (1938). Au début de la Seconde Guerre mondiale, il s'installe à Zurich, où il restera jusqu'à sa mort.

ARTAUD, Antonin (1896-1948) : il se plaint très tôt d'« échouer à être », et multiplie les séjours en maison de santé. Il commence à fréquenter le groupe surréaliste en 1924, et prend la direction de la Centrale surréaliste (lire la note 1, p. 12). Il refuse l'engagement politique du groupe et en est exclu en 1927 car, pour lui, la seule révolution qui tienne est métaphysique et spirituelle. Il se consacre ensuite au théâtre, puis il est interné entre 1943 et

1947, et il subit un traitement incluant des électrochocs qui le font énormément souffrir. Il continue néanmoins à écrire : *Artaud le Momo* et *Van Gogh ou le Suicidé de la société* (1947). Lire p. 76.

AURIC, Georges (1899-1983) : compositeur et auteur de musiques de films, il fait partie du «groupe des six», qui rassemble des musiciens comme Honegger, Milhaud et Poulenc (tous sont fortement influencés par Erik Satie). Il participe à Dada après avoir rencontré Tzara en 1920. À partir de 1922, il se tourne vers le surréalisme : il a mis en musique des poèmes d'Eluard et Aragon.

BALL, Hugo (1886-1927) : écrivain allemand, il émigre en Suisse en 1915, et rencontre Tzara et Arp au Cabaret Voltaire de Zurich. Il participe activement au mouvement Dada, mais ne se mêlera guère aux surréalistes.

BARON, Jacques (né en 1905) : il rencontre le groupe surréaliste au début des années 1920, et participe aux jeux et aux séances de sommeil. La petite histoire a surtout retenu qu'il a annoncé, lors d'une soirée chez Breton en 1923, que Crevel serait le premier d'entre eux à se suicider. Il a publié des recueils de poèmes (dont *L'Allure poétique*, 1924), avant de se séparer des surréalistes en 1929 pour rejoindre le parti communiste. Breton dira de lui qu'il a représenté, avec Desnos, le « courant lyrique » du surréalisme.

BATAILLE, Georges (1897-1962) : en 1924, il rencontre Michel Leiris qui le présente au groupe surréaliste. Mais Bataille n'est pas séduit par l'écriture automatique : il manifeste même une « haine de la poésie » que lui reprochera Breton. Il refuse de sacrifier son identité à l'orthodoxie du groupe, tout en continuant à fréquenter les surréalistes. Ses penchants pour la transgression (*Histoire de l'œil*, en 1928, est son premier récit « obscène ») irritent Breton qui s'empresse de l'exclure en 1929, provoquant une violente polémique. Bataille couvre Breton d'injures dans le pamphlet *Un cadavre* (1930), en le qualifiant de « vieux bénisseur surréaliste » et en accusant le surréalisme de « dissimuler son entreprise religieuse sous une pauvre phraséologie révolutionnaire ». Il reste néanmoins fidèle à ses amis Masson et Leiris, et reviendra plus tard sur sa condamnation du surréalisme, en déclarant qu'« en matière d'arrachement de l'homme à lui-même, il y a le surréalisme et rien» (Madeleine Chapsal, *Quinze écrivains, entretiens*, Julliard, 1963).

BELLMER, Hans (1902-1975) : les surréalistes prennent connaissance des sculptures de cet artiste allemand dans les années 1930. Celles-ci représentent des poupées articulées aux membres multipliés, femmes-mannequins révélateurs des fantasmes du sculpteur. Il s'installe en France en 1938, et illustre plusieurs textes surréalistes, dont *Histoire de l'œil* de Bataille.

BOIFFARD, Jacques-André (1903-1961) : d'abord étudiant en médecine, il choisit ensuite la peinture et la photographie. Il devient l'assistant de Man Ray, et certaines de ses photos illustrent *Nadja*. Il rompt avec Breton en 1929, puis se consacre à la médecine.

BRAUNER, Victor (1903-1966) : né en Roumanie, il étudie à l'école des beaux-arts de Bucarest. Il vient à Paris en 1930, et rencontre Breton par l'intermédiaire du peintre Yves Tanguy. Il entretient des rapports épisodiques avec le groupe surréaliste, mais participe à toutes les expositions collectives. Son *Autoportrait à l'œil énucléé* (1931) annonce de façon prémonitoire un accident de 1938 au cours duquel il perd un œil. Cet épisode est révélateur de l'atmosphère de ses tableaux, faite d'angoisse, de mystère et d'obsessions, et que traduit bien la série des *Chimères* (1939-1940). Brauner quitte le groupe surréaliste en 1948, par solidarité envers Roberto Matta, exclu cette année-là.

BRETON, André (1896-1966) : figure de proue du surréalisme, à la fois honni et adoré, il incarne, plus que tout autre, l'énigme de ce mouvement. Son œuvre littéraire est double : à ses écrits personnels (*Nadja*, 1928) s'ajoutent les textes théoriques dans lesquels il s'efforce de définir les orientations du mouvement surréaliste. On l'a souvent accusé de rigorisme intellectuel et de sectarisme (il se montre particulièrement violent face à ceux dont il estime qu'ils «trahissent» le mouvement), comme en témoigne son surnom, «le pape du surréalisme». Il est néanmoins le principal pilier du mouvement, qui cesse d'exister en tant que tel trois ans après sa mort. Lire p. 31, 49, 65, 74, 83 et 90.

BUÑUEL, Luis (1900-1983) : cinéaste espagnol qui, après ses deux premiers films surréalistes (*Un chien andalou*, en 1928, et *L'Âge* *d'or*, en 1930), conserva dans son œuvre une volonté de subversion, de satire de la bourgeoisie et de la religion (*El* en 1952, *Le Charme discret de la bourgeoisie* en 1972, etc.).

CARRINGTON, **Leonora** (née en 1917) : artiste d'origine irlandaise, elle fut la maîtresse de Max Ernst, présenta des toiles dans diverses expositions surréalistes, et publia des contes fortement inspirés par Lewis Carroll. Elle sombra périodiquement, à partir des années 1940, dans la folie.

CARRIVE, **Jean** (1905-1963) : il se joint en 1923 au groupe surréaliste, dont il est le plus jeune membre. Il quitte le mouvement en 1927, au moment de l'adhésion collective au parti communiste. Il se consacre ensuite à la traduction des œuvres de Kafka.

CHAR, **René** (1907-1988) : il rejoint le groupe surréaliste en 1929, après avoir séduit Eluard avec son recueil de poèmes, *Arsenal*. Il collabore en 1930 à la rédaction de *Ralentir travaux*, avec Breton et Eluard. Très sceptique vis-à-vis du parti communiste, il rompt violemment avec Aragon en 1934. Char s'éloigne peu à peu du groupe surréaliste au cours des années 1930, et œuvre en solitaire (*Fureur et Mystère*, 1948 ; *La Parole en archipel*, 1962).

CRASTRE, **Victor** (né en 1903) : Crastre rencontre Aragon en 1925, et se lie avec Masson et Leiris. Il rédige avec Aragon, la même année, le manifeste *La Révolution d'abord et toujours*. En 1928, il se retire en province où il écrira divers textes sur le surréalisme, dont *Le Drame du surréalisme* (Éd. du Temps, 1963).

CREVEL, **René** (1900-1935) : il rencontre Breton en 1922, et introduit dans le groupe la pratique des sommeils provoqués, tout en étant plutôt méfiant à l'égard de l'automatisme. Ses romans, en grande partie autobiographiques, se font le reflet de sa violente critique de la société et de ses tares (*La Mort difficile*, 1926 ; *Les Pieds dans le plat*, 1933). Partisan enthousiaste du rapprochement entre les surréalistes et le parti communiste, il supporte mal la rupture de 1934. Il se suicide en 1935. Lire p. 86.

DALÍ, **Salvador** (1904-1989) : peintre catalan, il est formé à l'école des Beaux-Arts de Madrid. En 1928, il se rend à Paris, rencontre les surréalistes et Gala (qu'il épousera en 1958), et collabore aux premiers films de Buñuel, *Un chien andalou*, puis *L'Âge d'or*. Sa peinture se fait ensuite le reflet de sa méthode de « paranoïa-critique », inspirée des théories du psychanalyste Jacques Lacan : cette méthode, qui se fonde sur l'utilisation des associations et interprétations délirantes, lui permet de déployer ses fantasmes et obsessions (érotisme, scatologie, fascination pour les phénomènes de décomposition, etc.), comme dans une de ses toiles les plus connues, *Le Grand Masturbateur* (1929). Breton, d'abord fasciné par le personnage, se brouille avec lui à la fin des années 1930, au moment où Dalí se rallie à Franco. Le peintre part alors aux États-Unis, où il remporte un grand succès, qui lui vaut le surnom ironique d'Avida Dollars (anagramme de Salvador Dalí).

De Chirico, Giorgio (1888-1978) : né en Grèce, il grandit en Italie et commence à peindre très tôt. Sa peinture est saluée par Apollinaire qui y voit « une écriture du songe ». Les surréalistes seront fascinés par ses tableaux énigmatiques et oniriques : Breton fera ainsi l'acquisition du *Cerveau de l'enfant* (1914). De Chirico se rapproche du groupe surréaliste dans les années 1920 sans jamais y adhérer. À partir de 1928, il s'engage dans une autre voie esthétique, en adoptant des sujets beaucoup plus académiques.

Delteil, Joseph (1894-1978) : il rencontre les surréalistes en 1920, collabore à la revue *Littérature*, signe le manifeste contre Anatole France, et écrit des romans érotiques comme *Sur le fleuve Amour* (1923). Son roman *Jeanne d'Arc* est couronné par le prix Fémina en 1925 : Breton, furieux, décide alors l'exclusion de Delteil.

Delvaux, Paul (1897-1994) : né en Belgique, il commence sa carrière de peintre sous les auspices de l'impressionnisme puis de l'expressionnisme. Mais la découverte des œuvres de De Chirico et de Magritte au début des années 1930 oriente sa peinture vers une nouvelle voie : ses travaux sont dès lors hantés par la mythologie et par l'image d'une femme rêvée, fantomatique (*Femme au miroir*, 1930). Apprécié par le groupe surréaliste (il participe à l'Exposition internationale de 1938), il s'est pourtant toujours défendu d'y appartenir.

Desnos, Robert (1900-1945) : il joue un rôle important dans les années de «gestation» du surréalisme. C'est lui qui engage le groupe dans la voie de l'automatisme et des sommeils hypnotiques, au cours desquels il se distingue brillamment (lire p. 51). Dans *Langage cuit* (1923), il explore les possibilités de démembrement du langage. Il participe aux activités du groupe jusqu'en 1927, date à laquelle il rompt avec le surréalisme, refusant l'engagement politique du mouvement. Il gagne dès lors sa vie en tant que journaliste. En 1940, il entre dans la Résistance, et est arrêté par la Gestapo en 1944. Il meurt peu après au camp de Terezin, en Tchécoslovaquie.

Duchamp, Marcel (1887-1968) : il commence à peindre à quinze ans, influencé par le fauvisme et Cézanne. Sa rencontre avec Apollinaire et Picabia en 1910 marque une évolution dans sa peinture : tout en conservant les principes de schématisation du cubisme, il s'efforce d'y suggérer le mouvement (*La Mariée mise à nu par ses célibataires, même*, 1915). Il part pour New York en 1915 et perfectionne ses *ready-made*, que Breton définira comme des «objets manufacturés promus à la dignité d'objets d'art par le choix de l'artiste» (tel *Le Porte-bouteilles*, 1914). Il participe avec Man Ray au courant Dada new-yorkais, puis, de retour à Paris, rencontre le groupe surréaliste qui lui voue un véritable culte. Il publie des textes dans *Littérature* et participe aux expositions collectives, sans jamais adhérer totalement au mouvement.

Eluard, Paul (1895-1952) : il rejoint l'équipe de *Littérature* en 1919. Il pratique volontiers les expériences d'écriture collective (*152 proverbes mis au goût du jour*, avec Péret en 1925 ; *Ralentir travaux* avec Char et Breton en 1930 ; et *L'Immaculée Conception* avec Breton la même année). Ses recueils de poèmes sont ensuite illuminés par l'amour pour Nusch (rencontrée en 1929, au moment où il se sépare de sa première femme, Gala) : *L'Amour la poésie* (1929), *La Vie immédiate* (1932), *Les Yeux fertiles* (1936). Sa collaboration à la revue *Commune*, jugée stalinienne par Breton, provoque son exclusion du groupe surréaliste en 1938. Eluard se rapproche ensuite d'Aragon, aux côtés duquel il entre dans la Résistance. Lire p. 40, 62, 74 et 81.

Ernst, Max (1891-1976) : peintre d'origine allemande, il est influencé par les toiles « métaphysiques » de De Chirico. Il explore ensuite les possibilités du collage et du photomontage, rencontre les dadaïstes, puis part pour Paris où il fait la connaissance de Breton et Eluard. Il met au point le procédé de frottage en 1925 (lire la note 1, p. 106) et publie ses « romans-collages » (*La Femme 100 têtes* en 1929 ; *Rêve d'une petite fille qui voulut entrer au Carmel* en 1930). En désaccord avec l'exclusion d'Eluard en 1938, il s'éloigne du groupe surréaliste et se retire avec Leonora Carrington. Il sera définitivement exclu en 1954 pour avoir accepté le Grand Prix de la Biennale de Venise.

Gala (1894-1982) : de son vrai nom Helena Dimitrievna Diakonova, elle est rebaptisée Gala par Paul Eluard. Jeune Russe atteinte de tuberculose, elle rencontre ce dernier dans un sanatorium et l'épouse en 1917. Elle devient ainsi une des muses du surréalisme : Ernst la peint nue en 1923 (*La Création d'Ève ou la Belle Jardinière*), Eluard la célèbre dans ses poèmes. En 1929, elle le quitte pourtant pour Dalí, qu'elle épousera trente ans plus tard. Malgré son rôle central dans la mythologie surréaliste, elle refusa toujours de prendre part aux activités du groupe.

Gérard, Francis (1908-2003) : de son vrai nom Gérard Rosenthal, il rejoint le groupe surréaliste en 1924 et publie quelques textes dans *La Révolution surréaliste*. Le service militaire l'éloigne du groupe, auquel il ne retournera pas, préférant le passage à l'engagement politique. Il retrouvera néanmoins les surréalistes dans la lutte contre le stalinisme.

Giacometti, Alberto (1901-1966) : né en Suisse, il s'initie très tôt à la sculpture. Il s'installe à Paris en 1922 et rencontre Masson, Leiris et Desnos qui le rapprochent du surréalisme. Il collabore aux activités du groupe à partir de 1930, et conçoit des sculptures de forme semi-organique, à forte connotation sexuelle (*Cage* en 1932). Lassé par une quête esthétique qui ne lui correspond plus, il rompt avec les surréalistes en 1935, et se consacre dès lors à une nouvelle approche du réel dans sa sculpture, qui représente des figures allongées et décharnées.

GOEMANS, Camille (1900-1960) : il est l'un des principaux représentants du groupe surréaliste belge, pour lequel il rédige de nombreux tracts. En 1925, il ouvre à Paris une galerie où il expose Arp, Dalí, Magritte et Tanguy. Il rentre à Bruxelles au début des années 1930 et s'éloigne du surréalisme, tout en continuant ses activités de galeriste.

GRACQ, Julien (né en 1910) : son premier roman, *Au château d'Argol* (1938), est salué par Breton qui y voit le résultat des influences du romantisme allemand et du surréalisme. Gracq est moins lié au groupe surréaliste qu'à Breton, auquel il consacre une étude en 1948 (*André Breton, quelques aspects de l'écrivain*) ; mais c'est en refusant le prix Goncourt pour *Le Rivage des Syrtes* (1951) qu'il établit sa réputation de « romancier surréaliste ». Il collabore à quelques revues, mais se tient à distance des activités collectives du surréalisme : son « appartenance » au mouvement tient davantage à la présence, dans ses récits, d'une quête de sens toujours nécessaire et d'un goût pour le fantastique.

KAHLO, Frida (1907-1954) : Frida Kahlo rencontre Breton en 1938, quand celui-ci vient rendre visite à Trotski, réfugié au Mexique. Communiste et révolutionnaire, Frida Kahlo s'emploie, avec son mari Diego Rivera, à valoriser la culture mexicaine dans d'immenses peintures murales. Lors d'un voyage à Paris en 1939, elle rencontre les membres du groupe surréaliste, sans être convaincue par leurs théories. Certaines de ses peintures sont néanmoins reproduites dans la deuxième édition du *Surréalisme et la peinture* (Breton, 1965).

LEIRIS, Michel (1901-1990) : Masson le présente aux surréalistes en 1924. Il se distingue par ses recherches sur le langage et par l'attention qu'il porte à la vie onirique (il publiera ses récits de rêves en 1961, sous le titre *Nuits sans nuit*). Son inaptitude à toute activité collective le conduit à s'éloigner du groupe en 1929. Il se consacre ensuite à l'ethnologie, et fait de nombreux voyages au cours desquels il écrit des textes qui mêlent l'exploration du moi à celle des sociétés qu'il découvre (*L'Afrique fantôme*, en 1934). Lire p. 56.

LIMBOUR, Georges (1900-1970) : écrivain originaire du Havre, il rejoint le groupe surréaliste vers 1921, et participe aux expériences de sommeil. Il a écrit de nombreux textes sur la peinture d'André Masson.

MAGRITTE, René (1898-1967) : il participe à la création du groupe surréaliste belge en 1926. Ses tableaux mettent en scène des figures récurrentes, caractérisées par leur anonymat. Il côtoie brièvement le groupe parisien en 1927, et publie dans *La Révolution surréaliste* son célèbre article « Les mots et les images », dans lequel il expose les traitements qu'il fait subir au langage et aux motifs utilisés dans sa peinture : décalage entre les formes et les matières, entre les mots et les choses qu'ils désignent (comme c'est le cas dans sa toile intitulée *Ceci n'est pas une pipe*, qui représente une pipe), afin de créer une énigme déroutante.

MALKINE, Georges (1898-1970) : il commence à peindre en 1920, et rencontre peu après Desnos qui le présente aux surréalistes. Il expose ses toiles à la Galerie surréaliste en 1927, puis part voyager en Océanie. De retour à Paris, il joue dans la pièce de Vitrac, *Victor ou les Enfants au pouvoir* (1928), puis rompt avec les surréalistes en 1932.

MAN RAY (1890-1976) : de son vrai nom Emmanuel Rudnitsky, il commence à pratiquer la photographie en 1915, année où il rencontre Duchamp. Il participe au mouvement Dada new-yorkais, puis est accueilli à Paris par les surréalistes. Il met au point le procédé du rayogramme en 1922 (lire la note 1, p. 107), réalise quelques films courts (dont *L'Étoile de mer*, sur un scénario de Desnos, en 1928) et se consacre aussi à la peinture.

MARIËN, Marcel (1920-1993) : il rencontre Magritte en 1937 et participe aux activités du groupe surréaliste belge. Il fonde en 1941 les éditions de l'Aiguille aimantée, où il publie ses propres textes et des essais de Magritte et Nougé. Il pratique aussi le collage et le photomontage, avec beaucoup de liberté et d'humour. Il publiera en 1979 *L'Aventure surréaliste en Belgique*.

MASSON, André (1896-1987) : il rencontre les surréalistes en 1924, et adapte le principe de l'automatisme à la peinture, dans ses « dessins automatiques » et ses « peintures de sable ». Il ne supporte guère la discipline du groupe et s'en éloigne à la fin des années 1920. Il retrouve néanmoins Breton en 1940, et visite avec lui la Martinique (ils composeront tous deux, à cette occasion, *Martinique charmeuse de serpents*, publié en 1948), avant de s'installer aux États-Unis.

Matta, Roberto (né en 1911) : né au Chili, il s'installe à Paris en 1933 et rencontre Magritte à qui il confie vouloir « peindre le changement ». Adepte de l'automatisme en peinture, il participe à l'Exposition internationale de 1938. Il est l'un des peintres sur lesquels Breton a le plus écrit. Il est exclu en 1948 : les surréalistes lui reprochent sa liaison avec la femme de Gorky (autre peintre surréaliste).

Mesens, Édouard-Léon-Théodore (1903-1971) : musicien et compositeur, il rencontre Magritte par le biais de son frère Paul, à qui il donne des cours de piano. Il participe alors aux activités du groupe surréaliste belge, et abandonne la musique pour la poésie. Il contribue surtout à l'organisation des grandes expositions surréalistes internationales.

Miró, Juan (1893-1983) : il rencontre Picabia à Barcelone en 1917, puis part pour Paris en 1919. Il ne cessera dès lors de partager sa vie entre ces deux villes. Son atelier parisien est voisin de celui de Masson ; il côtoie ainsi les surréalistes qui admirent sa peinture, dans laquelle il élabore un vocabulaire pictural personnel (taches, cônes, traits, etc.) pour « transposer le visible immédiat » (comme, par exemple, dans la série *Constellations*, en 1940-1941).

Morise, Max (1900-1973) : il a participé au mouvement Dada puis au surréalisme. Son attitude, plus que son œuvre fort réduite, le rattache au mouvement. Il sera exclu en 1929.

Naville, Pierre (1903-1993) : il rejoint le groupe surréaliste en 1924 et dirige, avec Benjamin Péret, les premiers numéros de *La Révolution surréaliste*. Il s'éloigne du groupe à la fin des années 1920 pour se consacrer à une activité purement politique.

Noll, Marcel : il participe aux activités dadaïstes, puis collabore à *La Révolution surréaliste* où il publie des textes automatiques et des récits de rêves. En 1932, il prend position pour Aragon, et s'éloigne du groupe surréaliste.

Nougé, Paul (1895-1967) : il contribue à la naissance du groupe surréaliste belge, tout en prenant ses distances avec le groupe parisien. Il a écrit à la fois des textes érotiques et de nombreux essais, notamment sur la peinture de Magritte (*Les Images défendues*, 1929).

Paalen, Wolfgang (1905-1959) : né à Vienne, il s'installe à Paris en 1934 et rejoint le groupe surréaliste en 1936. Il y introduit sa technique du fumage (interprétation picturale des traces laissées sur le support par la flamme d'une bougie), présente dans *Paysage totémique de mon enfance* (1937). Réfugié au Mexique en 1939, il y organise l'Exposition internationale de Mexico. Il s'intéresse ensuite à l'art des Indiens et s'éloigne peu à peu du surréalisme. Il se suicide en 1959.

Paulhan, Jean (1884-1968) : ami d'adolescence de Breton, il participe aux premiers pas du surréalisme. En 1925, il devient directeur de *La Nouvelle Revue française*, et s'éloigne du groupe surréaliste. Il écrit plusieurs essais sur la création littéraire et sur l'art (*Braque le patron*, 1946).

Péret, Benjamin (1899-1959) : il fait la connaissance du groupe réuni autour de la revue *Littérature* en 1920 et participe activement aux activités qui préparent la naissance du surréalisme. Il codirige *La Révolution surréaliste* et adhère au parti communiste en 1926. Ses textes poétiques exploitent les possibilités de l'automatisme (*Le Grand Jeu*, 1928 ; *Je ne mange pas de ce pain-là*, 1936, recueil où l'automatisme sert un discours politique). En 1936, il part en Espagne soutenir les républicains dans la guerre civile. Il est incarcéré en 1940, pour avoir mené des activités politiques au sein de l'armée. Il s'installe ensuite au Mexique, jusqu'en 1948, où il écrit *Le Déshonneur des poètes*, en réaction contre la poésie de la Résistance. De retour en France, il retrouve le groupe surréaliste. On lui a parfois reproché d'être un disciple trop fidèle à Breton, qui le considérait comme « son plus cher et son plus ancien compagnon de lutte ». Lire p. 92.

PICABIA, Francis (1879-1953) : après une période « fauve », il rencontre Duchamp et Apollinaire. Sa peinture évolue alors vers la non-figuration. En 1915, il part pour New York, où il retrouve Duchamp et peint ses premières œuvres « mécaniques », qui opèrent une mise en question de l'image dans un esprit propre à Dada. Il se lie ensuite avec les surréalistes, pour lesquels il réalise plusieurs couvertures de la revue *Littérature*. Il n'adhérera cependant jamais au mouvement surréaliste.

PICASSO, Pablo (1881-1973) : les futurs surréalistes découvrent l'œuvre de Picasso par l'intermédiaire d'Apollinaire. Breton poussera même Jacques Doucet (lire la note 1, p. 105) à acquérir *Les Demoiselles d'Avignon* (1907), toile qui marque la naissance du cubisme. Picasso participe à l'essor du mouvement surréaliste entre 1924 et 1927, et est célébré par Breton dans *Le Surréalisme et la peinture* (1928). Il publie quelques textes dans des revues surréalistes, puis cesse de participer aux activités du groupe, tout en conservant des liens avec ses anciens compagnons.

PRASSINOS, Gisèle (née en 1920) : à quatorze ans, elle rencontre les surréalistes, qui sont fascinés par son aisance à utiliser l'écriture automatique. Elle incarne la femme-enfant du surréalisme. Son premier recueil de textes, *La Sauterelle arthritique*, est publié en 1935. Elle continuera à écrire des récits, dans une veine plus fantastique (*La Voyageuse*, 1959 ; *Brelin le Fou*, 1975).

PRÉVERT, Jacques (1900-1977) : il fait partie du groupe surréaliste entre 1925 et 1928, collabore à quelques jeux, mais se méfie de l'automatisme. Après avoir été exclu, il participe au pamphlet contre Breton (*Un cadavre*, 1930). Sa verve poétique se déploie ensuite dans des textes où l'on retrouve des thématiques surréalistes, telles l'anticléricalisme, l'antimilitarisme et l'irrespect pour les valeurs établies (*Paroles*, 1945). Il se distingue aussi comme scénariste pour le cinéma (*L'affaire est dans le sac*, 1932 ; *Drôle de drame*, 1937).

QUENEAU, Raymond (1903-1976) : il collabore à *La Révolution surréaliste*, mais rompt avec Breton en 1929, pour des raisons plus personnelles que politiques ou esthétiques. Des souvenirs de sa période surréaliste sont rassemblés dans son roman *Odile* (1937). Il participe à la création de l'OuLiPo (Ouvroir de Littérature Potentielle), sorte de laboratoire de littérature expérimentale, en 1960 et publie *Zazie dans le métro* (1959), *Les Fleurs bleues* (1962), etc.

SADOUL, Georges (1904-1969) : il participe aux activités surréalistes à partir de 1926. Il adhère au parti communiste, puis devient un critique et historien du cinéma reconnu. Il reste en contact avec les surréalistes après 1934, malgré ses engagements politiques.

SCHUSTER, Jean (1929-1995) : il se joint au groupe surréaliste en 1948 et en devient rapidement l'un des éléments déterminants de l'après-guerre. À la mort de Breton en 1966, il est le seul en mesure de maintenir l'activité collective, et crée pour cela la revue *L'Archibras*. Les dissensions internes au groupe le conduisent à annoncer sa dissolution, en 1969.

SCUTENAIRE, Louis (1905-1987) : en 1927, il fait la connaissance du groupe surréaliste belge, pour lequel il écrit la plupart des manifestes (*L'Action immédiate*, 1934 ; *Le Surréalisme en plein soleil*, 1946). Il signe de nombreux essais sur Magritte.

SOUPAULT, Philippe (1897-1990) : il rencontre Breton en 1917, par l'intermédiaire du poète Apollinaire. Il codirige la revue *Littérature* et rédige avec Breton *Les Champs magnétiques* en 1919 (lire p. 49). Il publie ensuite des romans (*Le Bon Apôtre*, 1923 ; *En joue !*, 1925), s'éloigne du groupe dont il est exclu en 1927 pour avoir refusé d'adhérer au parti communiste (son exclusion donne lieu à un véritable procès, dont la violence est décrite dans les *Entretiens* de Breton). Il devient journaliste, voyage à travers le monde, et donne des conférences sur le surréalisme et la poésie.

TANGUY, Yves (1900-1955) : la découverte des toiles de De Chirico en 1923 l'incite à peindre. Il participe aux activités du groupe surréaliste à partir de 1925 et pratique le dessin automatique. Il conjugue dans ses œuvres l'automatisme et les hallucinations provoquées (par le biais des accidents produits par le grain de la toile, qui suggèrent des formes mystérieuses), comme avec *L'Extinction des espèces II* (1938). Il s'installe aux États-Unis en 1939, où il continue à peindre, en s'éloignant peu à peu du groupe surréaliste.

Thirion, André (né en 1907) : il fait partie du groupe surréaliste entre 1928 et 1934. Il est l'un des rares participants à publier des textes sur des questions relatives au travail et à l'économie. Il tente sans grand succès de faciliter les relations entre les surréalistes et les communistes. Il s'éloigne ensuite du groupe, et publiera en 1972 des mémoires qui retracent cette période du surréalisme (*Révolutionnaires sans révolution*).

Triolet, Elsa (1896-1982) : née à Moscou, elle cherche à fuir la révolution de 1917, et épouse un Français, André Triolet, avec qui elle part pour Berlin, puis pour Paris. Elle rencontre Aragon en 1928 : c'est le début d'une liaison éternelle qui consacre Elsa comme la femme surréaliste, à la fois muse et collaboratrice du poète. À travers elle, Aragon sublime l'amour fou. Elsa redoute l'emprise de Breton et pousse Aragon à s'en éloigner. Elle confortera dès lors le poète dans son adhésion au réalisme socialiste.

Tzara, Tristan (1896-1963) : principal animateur du mouvement Dada à Zurich, il s'installe à Paris en 1919 et organise des manifestations et des spectacles avec les futurs surréalistes. Il rompt avec eux quelques années plus tard, mais les retrouve en 1929 et collabore au *Surréalisme au service de la Révolution* et à *Minotaure*. Il adhère au parti communiste en 1935, ce qui provoque la rupture définitive avec les surréalistes. Lire p. 29 et p. 46.

Unik, Pierre (1909-1945) : il publie quelques textes dans *La Révolution surréaliste*, puis s'engage aux côtés d'Aragon lorsque ce dernier est exclu en 1932 ; il s'éloigne alors du surréalisme. Il devient journaliste, puis est arrêté en 1940 : il réussit à s'évader en 1945, mais disparaît en Slovaquie.

Vitrac, Roger (1899-1952) : il participe aux activités du groupe surréaliste à partir de 1922, collabore aux revues *Littérature* et *La Révolution surréaliste*, et s'oriente vers l'écriture théâtrale. En 1926, il fonde avec Artaud le théâtre Alfred-Jarry, où seront jouées ses premières pièces (dont la plus connue, *Victor ou les Enfants au pouvoir*, 1928). À cette occasion, Breton, peu favorable au théâtre, l'exclut du groupe. Il continue ensuite son œuvre poétique et théâtrale.

Dernières parutions

Imprimé à Barcelone par:

BLACK PRINT

Création maquette intérieure :
Sarbacane Design.

Composition : IGS-CP.
N° d'édition : L.01EHRNFG2269.C004
Dépôt légal : août 2006